細微的一炷香

劉紹銘 著

三民叢刊 8

三民書局印行

目次

丙輯：

甲輯

細微的一炷香

屠城前，我們一切壯懷激烈的舉動，都帶有積極意義。總希望通過絕食、遊行、靜坐，讓中南海握著槍桿子的老先生知道，反極權、反官倒、反貪污和爭取自由民主不是天安門前「一小撮」人的願望。

可是自六月四日（一九八九年）屠城的血腥照片不斷傳來後，我們看淸楚了，向給權力腐蝕透了心肝的共產黨人要求改革，眞的是與虎謀皮。我們面對的是血淋淋的事實：「打倒李鵬」、「反對暴政」的口號，叫上千遍，而劊子手安然無恙。

面對電視上雖經剪輯過但依然腥風撲面的鏡頭，除了淚向肚中流，一句話也說不出來。這些殘民以逞的老妖怪，天竟不厭之！我想到唐傳奇的紅線和聶隱娘。想到今天可以千里發功的奇能異人。爲國爲民，他們老早該出手。若說醫者父母心，只救人、不殺人，大可把「誤國八老」風癱在床，啞口無言的做植物人。

不消說，正如謠傳鄧小平中毒、李鵬中槍的消息一樣，這是伸舒無力感與憤怒的情緒投射。不幸的是，不論我們以什麼形式發洩悲憤，一樣擺脫不了心中難以形容的犯罪感。在天安門前空手與軍隊對峙的百姓和學生，他們在前線倒下來了，而我們倖存於後方。文革武鬥死人無算，但場面沒有衞星傳播，我們讀文字記載，只能靠想像力去重組那些慘絕人寰的事。

但這次「六四事件」，我們雖不在現場，經驗卻近目擊者。當鏡頭出現了那位如今世界知名的白衣秀士王維林坦然面對坦克車時，我頓覺覆蓋之下，羞愧無容身之地。螳臂擋車，這是「自反而縮，雖千萬人吾往矣」的形象化。

我們身在後方的人，除非自信以後遇到相同場面，會有勇氣效法白衣秀士以血肉之軀抗強權，否則幸勿輕言「道德勇氣」。

發言要有公信力，得看說話人的身分。「我欲橫刀向天笑」人人可誦，出自譚嗣同之口，卻是烈士證道之言。

「九時正（六月三日），全體在天安門廣場的同學站立起來，舉起右手宣誓：『我宣誓，爲了推進祖國的民主化進程，爲了祖國今後的繁榮昌盛，爲了偉大的祖國不受一小撮陰謀家的顛覆，爲了十億人民不在白色恐怖中喪生，我宣誓，我要用我年輕的生命誓死保衞天安門，保衞共和國，頭可斷、血可流，人民廣場不可丟，我們用生命戰鬪到最後的一個人』。」

像「偉大的祖國」、「頭可斷、血可流」這種輝煌的字眼，我們聽過多次了，但從未有如柴玲錄音帶泫然的聲音吐出來那麼莊嚴聖潔。天安門民運給坦克車鎭壓下來了，但孩子的血液證明了他們說話正心誠意。

我個人是帶著買贖罪券的心情到銀行捐款的，雖然這種「姿態」並沒有減少偷生在後方的負疚心情。天安門灑下孩子和百姓的鮮血後，日常作業，除了機械性的、不帶個人感情的文字外，什麼也寫不出來。也許自己腦袋空空，對報上「我們能做什麼？」那類文章特別注意。戴天呼籲大家「齊齊來檢舉」，我撥了電話，打算檢舉李鵬這些匪類，可是熱線太熱，接不通。

在報紙專欄文章中，我看到一些勸港人不要移民的呼籲。也有人認爲海外華人的成就，不應視作中國人的光輝。國難當前，這種主觀而又情緒化的意見相繼出現，不足爲怪。現在離屠城的日子已有兩週，雖然大家心裏的傷痕猶新，痛苦的記憶永難磨滅，但以後的日子總要過，應該稍爲冷靜一下檢討香港人的處境。

首先，我認爲香港人應不應辦移民，這全屬個人的選擇，親如父母兄弟也不應借箸代謀。從好的方面看，中共經濟越落後，越需要保持香港現狀。再說，離九七還有一段時間，誰曉得大陸在這些年間會不會出現石破天驚的大革命？新一代領導人若有別於屍居餘氣的叛國分子，中國前途有希望，香港也不成問題了。

這是老話，了無新意，但老話不無道理。

如果這個設想成事實，那你勸人家流落異鄉，豈非「吹縐一池春水」？

或者你勸人家在港堅守崗位，結果出現了我們不忍設想的大變亂，於心何忍？

如果勸人留在香港是爲了愛國，此說大有商榷餘地。仁人智士要積極報國，應該投身前線。由於香港與大陸相隔咫尺，要支援國內民主運動，確占盡地利。但在九七前，香港在民運戰場上仍屬後方。旣是後方，與其他海外華人報國，在理論上分別不大。

至於把海外華人的成就，由於他們國籍身分不同的關係而抹殺他們的「光輝」，這種排斥他人，自畫圈圈的心理，期期以爲不可。不說遠的，就拿香港說吧。香港出生、有資格拿英國海外公民護照的居民做了「光輝」的事，是不是也一樣因此黯然無光？還有，拿了爵士勳銜的香港名流鉅子，曾屢次慷慨解囊在大陸捐學，若單拿護照認中國人，他們做的事，也不「光輝」了？

「遠適異國，昔人所悲。」明知是悲，還決定流連下去，自有可見的與難言的苦衷。再說，港人移民，卽使純然是爲了避秦，也沒有什麼不對。貪生怕死，人之本性。這不是德行，但也不是罪惡。其實，大家也知道，港人爲了職業、子女教育和生活方式的各種考慮，早在九七大限陰影出現前就有移民先例了。我們不能因爲自己喜歡港式生活，就假定每個人都應喜歡在香港躭下去。

士各有志。香港今天還是個不必表態以求自保的社會。爲求報國而決定留在香港是高貴的情操，但既屬個人取捨，不應因此自覺高人一等。同樣，拿著移民申請表格的港人，也不必因此「矮了一截」。

百年來國家多難，中國人爲了求生、爲了發展潛能而覓食他鄉，已夠可憐的了，我們千萬別學共產黨那樣強詞奪理，自以爲是，把中國人畫分界線。王蒙、蔣子龍等人八十年代初到歐美訪問歸來後，在文章內對流連海外不肯「歸隊」的知識分子諸多奚落，視爲「二度販子」。也許他們自認是保衞社會主義祖國的旗手，看到貪戀資本主義生活的逃兵，想到挨批捱鬥而不改其志的自己，道德優越感油然而生，才說出這種排斥性的話。

也許他們藉此向黨內的耳目表態，以證明自己階級立場之堅定。總之，只要他們在共產政權下生存一天，他們再說什麼有失分寸的話，我們也應體諒。

可是香港人哪一天自我分類，出現了什麼「移民派」、「保險派」和「守城派」時，一向賴以維持香港安定繁榮的凝聚力就會瓦解。現在這種心態已經存在，但並不尖銳。要保持香港現狀，當務之急是別讓這種「我們／你們」的心態蔓延。

至於在國外赤手空拳，在事業和學術上得到卓越成就的菁英份子，我們更不能戴著有色鏡看他們。從屠城前後的新聞片可以淸楚看出，整天把國家民族掛在嘴邊的中南海一小撮屠夫及其走狗，其實是王八蛋、賣國賊、民族罪人。他們拿的當然是中華人民共和國的護照，但在哪一點兒上比拿外國護照、心懷魏闕、從未忘過本的「二度販子」更中國？

愛國誰也包辦不了。中國心靈與意識，不是法律條文，誰也沒權憑一己之好惡予取予奪。

經過血洗的教訓後，我們更淸楚的認識到槍桿子的威力。那一小撮掌軍權的人，的確罵不倒，遊行、示威、喊口號也推不倒。除了近日流行「推背圖」式的預言（「聖人復出、天下大治」（）），最近兩天最令人振奮的消息莫如劉賓雁對大陸形勢的判斷：「中國現政權不超過兩年」。

這個政權那一天倒下來，無法摸得準。但我們相信「多行不義，不得善終」。這並非說老天會出面制裁壞人，而是倒行逆施的措施必會招致惡果。城市經濟破產、工人失業、農村歉收，再加上任何天災，億萬的饑民要跟這個政權對抗，就不會像天安門手無寸鐵的學生那麼易收拾了。

另外一個可能自然是鄧小平歸天後軍隊出現奪權割據的場面。不過，不論未來的動亂以那一種形式出現，中國老百姓又得付出一次沉重的代價。知識分子能扮演的，僅是因風搧火的媒介角色。

沒有火，革命是不會激發起來的。魯迅說得對：「石在，火種是不會絕的。」

古華《芙蓉鎮》有幾句話過目難忘：

> 胡玉音、秦書田兩人面對著面站著，眼睛對著眼睛，臉孔對著臉孔。他們沒有講話，也不可能講話。但他們反動的心相通，彼此的意思都明白：
>
> 「活下去，像牲口一樣地活下去。」
>
> 「放心。芙蓉鎮上多的還是好人。總會熬得下去的，為了我們的後人。」

希望如今未被槍彈打倒，如今隱身於大陸的高校同學，好好的記著這些話。

至於我們在海外避秦偷生的人，能爲你們做的，實在不多。我們只能給你們傳聲氣，在精神和物質上支援你們。

你們擎著的是火炬。我們捧著的只是細微的一炷香。但只要餘火不滅，總有燎原的希望。

歐洲人也吃狗肉

國人以吃聞名天下，可是對愛護貓狗之類動物的西方人說來，我們有些地方吃得不很光彩。其實這也不必跟他們一般見識。小時候看到祖母操屠刀殺鷄的時候，聽她唸唸有詞說：「此六畜，人所食，馬牛羊、鷄犬豕」。

她老人家爲什麼多此一舉，當時不大了解。後來讀了《搜神記》這類的書，才知道她相信輪迴轉生、寃寃相報這一套。她道出了六畜的名字才開殺戒，意思簡單不過：你們命該如此，千萬別怪我。

狗既名列六畜之籍，成了老饕的盤中飧也是其刼數使然。西方人士對貓狗情有所鍾，無非是日常人畜廝混慣了，不忍食其肉。要是說中國人吃貓狗殘忍，那麼嗜牛肉的民族何嘗是上天有好生之德的信徒？

大概我自己屬狗，從不吃香肉，以免同類相殘。但最惱人的是，只要你是華人，站在洋人面前，你就得背上這民族的黑鍋。冥頑不靈的老外，好像從不相信中國人也有不吃狗肉的。他們不神秘兮兮的問你，「你吃過活猴腦沒有？」已算客氣的了。

偏見出於無知。只有悠久文化的民族才有資格做最殘忍的事。沒開化的部落殺人，絕不會想到「殺千刀」讓人凌遲而死的「玩藝」。說中國人生性殘忍的外國人，一定毫無歷史意識可言。西方文明源流的希臘神話和悲劇，就有啖人肉的例子。大批評家 George Steiner 想到了納粹對猶太人的種種暴行，就對使人異於禽獸的理性力量存疑。如果音樂、文學、哲學的訓練果有春風化雨的功能，那麼希特勒時代的德國軍官中，怎可以有人狠得下心，剛彈完了莫札特後就飆車到集中營扭開煤氣爐的開關？

戰後整個德意志民族背著的，就是當年納粹黨人留下來的黑鍋。

如果以「殘忍成性」的觀點來批評中國人，最不可抹煞的近例，莫如六・四屠城流傳出來血淚斑爛的鏡頭。德國人殺猶太人，罪無可逭，但最少他們殺的是「異族」。人民解放軍殺的，卻是自己的同胞。中國人這種事都幹得出來，那麼吃貓、狗、猴腦等種種「野味」，何足道哉！而舊小說中出現的好漢，抓到仇家後，不由分說就剖腹取其肝臟下酒，這種豪氣，看來不是什麼小說家言了。

我們讀聖賢書的，當知此乃天罡地煞的行爲，因屬異端異數。而聞其聲不忍食其肉的惻忍之心，才算常規。老外不讀聖賢書，若把屠城的劊子手視爲炎黃後代的話，那我們背定了黑鍋。

過去兩三個月來東歐國家接二連三的變天，眞個九洲震盪風雷急。他們的共黨頭頭，沒有出動軍隊坦克，眞的乖乖的先後向人民低了頭。同樣說是馬克思主義的信徒，卻遠較中國式的社會主義傳人識大體、明事理。是不是因爲歐洲人不吃狗肉，所以沒有沾上吃狗肉種族殘忍的原罪？

看人家高興，替自己悲哀。每晚在電視機前看到東德和捷克民運分子活動的鏡頭，就想到五月間天安門的場面。「李鵬下臺」、「小平你好……」的口號和標語，一一重現腦際。近半個世紀來的學運民運，有那個國家比得上六・四前中國孩子投入得更轟轟烈烈？更悲壯？而下臺的卻偏是他們自己。

十一月二十日，電視出現了今已作古的羅馬尼亞獨夫壽西塞古的猙獰面目，我隨卽想到骨牌理論。羅馬尼亞變天後，在東歐國家中，只剩下一度是中共難兄難弟的阿爾巴尼亞了。

當天的新聞，其實都是耳食之言，靠剛離境遊客的猜臆作根據。羅馬尼亞流血政變的經過，這兩天才曝光。我看著壽西塞古伉儷被處決後的屍體，聽著南斯拉夫通訊社側面報導說：「與德米什瓦拉屠城的規模比起來，六四天安門事件，實在不算什麼一回事了」。

羅馬尼亞這次政變，老百姓死亡人數究竟多少，衆說紛紜。從一千到兩千不等。南斯拉夫通訊社引目擊者說，警察看到遊行羣衆就放槍，或用刺刀刺殺，然後把屍體拋上卡車運走。

這場面已夠似曾相識的了。但壽西塞古準看過天安門屠城的電視鏡頭，否則不會師承李楊，出動坦克重演歷史。

我看著這些新聞，想念着羅馬尼亞人所受的苦難時，竟發覺到自己自言自語的說：「想不到歐洲人也吃狗肉！」

這太可怕了，爲什麼病態得這麼厲害？這雖然不能說是幸災樂禍，但庶幾近矣。羅馬尼亞的獨夫出動軍隊和秘密警察鎮壓異己份子，動機跟北京屠夫同出一轍，不肯把江山拱手讓人。其性格因此酷肖：卑鄙、自私、殘忍。

中共政權統治大陸四十年，使神州成了鬼域。我個人從人家的惡例，想到吾國「此道不孤」，非常要不得，這正如自己頭上長了癬疥，就會嫉妒秀髮如雲的腦袋，一定要找到一個癩得禿了頭的同志才稍覺安慰。徹頭徹尾的阿Q精神。大概是背黑鍋背太久了，才會出現這種病態的情意結。

身染此「殘疾」，夫復何言？我們得感謝羅馬尼亞這歐洲國家出了殺人也不手軟的壽西塞古這死不悔過的「漢子」，否則我中華民族難免要包辦人世間的殘忍、自私、卑鄙的德行。

今後誰指責北京那班屠夫禽獸不如，李某到時如仍在其位，大可拍案揚眉曰：「誰說的？難道壽西塞古不是人？不是共產黨員？」

想不到羅馬尼亞的塞西塞古在見馬克思前還給中華人民共和國作了這麼大、這麼及時的貢獻！李鵬應該考慮給他立個碑。

聽說壽西塞古在赴刑前，曾喃喃唸過這麼一個對聯：「今日吾軀歸故土，他朝君體也相同」。

碑可以立，但這聯子可免了。

捋虎鬚的人

比利時籍的李克曼(Pierre Ryckmans)教授，專治藝術史，其專門著作自有行家欣賞。但自從多年前他以 Simon Leys 筆名發表《中國的陰影》後，「一鳴驚人」，雖然當時一般人並不知道「此公」就是李克曼。

一鳴驚人用了括號，是認爲他「驚人」之處，因人而異。六七十年代的歐美漢學生，人不幼稚，但思想左傾，蔚爲時尚。李克曼逆流而立，不媚俗、不附勢、暢所欲言，力陳中共政權表裏不一致的陰暗面，捋了若干當時得令「中國老虎」之虎鬚，其憨氣與「愚昧」，頗有荷馬史詩卡姍德拉遺風。

韓素音不說了。一生以研究近代中國爲職志的老漢學生如費正清，當年亦說過這樣的話：「整體說來，毛澤東領導的革命，是中國幾百年來最造福人民之盛事。」(The Maoist revolution is, on the whole, the best thing that has happened to the Chinese people in many centuries)。

幫閒人物如最近搞「通靈」的「傻大婆」女星 Shirley MacLaine 說什麼話，我們可等閒視之。但專家對中國問題接二連三的「跌眼鏡」，迫得歐美有識之士不得不靜下心來檢討一番。

素負時譽的《紐約評論》(*The New York Review of Books*) 請了「反動分子」李克曼就這「現象」發表意見，可說是「反思」的一個跡象。李氏文章在六月二十二日(一九八九)刊出。

李克曼說他多次婉拒這類的邀請。理由不難猜測，預言災難的人總不希望自己讖語成眞。正如他所說，面對北京屠城慘烈，自己沾沾自喜的咯咯叫道：「我早就告訴過你！我早就告訴過你！」教人聽來無聊得像隻剛下蛋的母鷄。

他說得也對，以前誰對中共政權的眞相看走了眼，不必計較了。值得慶幸的是，經過六、四事件後，中國問題專家基本上已取得共識。後知後覺總比不知不覺好。李氏沒有點明這個共識是什麼，但我們應該想到，只要中共繼續宣揚馬列毛、繼續四個堅持，那麼不論誰在李鵬、江澤民之後出任總理和總書記，僅是換湯不換藥。以前的漢學生看不清楚，現在該眼睛雪亮了。

那麼，依李克曼的看法，替中共把脈的人爲什麼會一錯再錯？李克曼的話，說得非常直率。他說一個人的信仰，常受自己意念左右，也就是說，基本上是「相信自己願意相信的東西」。基於理想，他們追求幻覺，雖然他們的理想主義不無夾雜犬儒色彩。

他們著書立說，處處以自己的憧憬爲依歸，因爲一來可以滿足近乎宗敎信仰的渴求，二來確也合乎大勢所趨。「他們追尋的信仰，既可超拔自己的靈魂，也可塞飽肚皮。他們的信仰動機出於慷慨，但也同樣帶著私利的關心。如果他們不愚昧，不會相信。反過來說，如果他們不是聰明人，也不會相信。」直截了當的說一句：「他們是爲了求生存才相信。」正因爲他們需要生存，有時才會不惜做出心狠手辣的事：消滅拆穿他們一直賴以安身立命的謊言的敵人。

李克曼究竟有那些「特異功能」，看出中共的本質？他說自己肉眼凡軀，更無小道消息，對中共的了解，依靠的全是公開的事實，俯拾皆是，只須別裝視而不見就是。

他第一次接觸到中共的「政治實踐」是在一九六七年的香港。他在寓所的樓梯間發現了一個被共產黨流氓折磨得垂死的英勇記者。

目睹了這恐怖事件後，以後的進修計畫就沒有什麼波折了。留港的幾年間，除了跟中國朋友聊天外，他每天必看兩份中文報。這幾年間積聚下來的心得，加上日後的研究觀察，便成了李克曼日後出版四本書的養分。

像《中國的陰影》這類題材的著作，每多逆耳之言，出版後士林側目，不在話下。可嘆的是，李克曼當年所出的「惡聲」，今天一一成了事實。儘管識見高人一籌，他倒沒有擺出「獨具慧眼」的優越感。他自稱由頭到尾做的不外是翻譯與註釋的工作。沒有一條訊息可說發幽抉微；沒有一種見解可稱石破天驚。另外還有可圈可點的一句：他自認所說的話，對稍爲關心世事的中國知識分子而言，僅是常識而已。

外國人要做「中國通」唯一不可或缺的條件，也簡單得很：中文的功夫可千萬含糊不得。

李克曼的中文修養，足爲今日吾國學子表率，大概耳濡目染多年，他極爲講究士大夫的氣節。

屠城後的傷痕，終會「事過景遷」。李克曼說對了，屠夫一意孤行出動坦克車趕盡殺絕，惹起全世界聲討的後遺症，可能是對形勢估計錯誤，但最少在這一點他們確有眞知灼見：人類不但善忘，而且承受義憤的能耐畢竟有限。

在紀念天安門死難者的追悼會中，我們默念三分鐘，可不是有人偸偸的看手錶數著分秒的逝去麼？對北京的屠夫，我們究竟要制裁多久才算對得起死者？

李克曼沒有答案。他只說現在忙著收拾行裝往北京趕路的商人、政客和學界的「穿梭客」，倒不一定是是非不分的人。要不然他們中間不會有人宣佈說，他們此行主要目的是到天安門去向亡魂致哀。

有些人說，他們之所以答應到北京去跟兇手杯酒言歡，因爲他們深信這種溝通可以促進中國改革的趨勢。李克曼覺得他們的話也言之成理。他唯一的希望是這些人的腸胃單薄點(weaker stomachs)。我想他未說出來的話是：腸胃單薄的人，吃東西就會有選擇了。

摧殘的紀錄

繼鄭念的《上海生與死》後，美國另一大出版機構 Henry Holt 又愼重其事的推出了羅自平 (ZiPing Luo) 的 *A Generation Lost*《失去的一代》。據說作者在準備出英文版同時，也完成了中文稿，定名爲「霜葉紅於二月花」。

我看的是英文本。文革浩劫，誤盡蒼生，教育停頓十年，羅自平女士有感於自己和同年的中國孩子因暴政而蒙受的身心損害，取書名《失去的一代》正是有感而發。

中文題目出自杜牧〈山行〉名句，意謂像自述者譚希鷗這樣一個十四歲就備嘗「抄家」之禍的女孩子，雖飽歷風霜，卻傲然獨立，紅於二月花。

兩個書名各有特色，可是這七八天來我斷斷續續念著，竟想到巴金一短篇小說的名字來：〈摧殘〉。無論是陳若曦小說家言的《尹縣長》、或自傳性的回憶如巴金的《隨想錄》，楊絳的《幹校六記》和陳白塵的《雲夢斷憶》，歸根究柢說來，都是人摧殘人和受摧殘的故事。

梁恆的《革命之子》，加上鄭念和羅自平兩位女士的證言，均可作「摧殘三部曲」看。

若是上了年紀的中國知識分子勇於自我檢討，懷抱劉再復所言的「懺悔意識」，那麼，以文革波及面之廣，單以中文來說，市面上能看得見的自傳性的摧殘紀錄，不應只有寥寥數冊。大師輩的人物不肯向千秋後世交心，政治忌諱固然是因素，但也有可能是他們心中自有顧慮。摧殘既可主動也可被動，他們被人摧殘之餘，有沒有過摧殘別人的行動呢？

十年動亂的因由，官方既有的解釋，把一切過失一股腦兒推到萬惡四人幫去。這相當於天主教會的大赦，使當年一切從犯幫兇逍遙法外。舊債一筆勾銷後，領導又安慰說：「一切向前看！」

紀德讀杜斯妥也夫斯基小說，有一大發現：杜氏小說中人若覺得自己對某某人不起，不惜寅夜造訪，淚流滿面的跪在地上求對方原諒。此乃俄國民族性，也是基督教懺悔贖罪情懷的表現。

若說中國人無認罪的習慣，那是妄自菲薄。「君子之過如日月之蝕，人皆見之。」說得多麼坦蕩蕩。羅自平《霜葉》快結尾時也有認錯的場面。時值一九八四年六月十日，譚希鷗從普林斯頓大學飛回老家上海，代姐姐應傳到高等法院，聽候人民政府對受摧殘而死的雙親平反的決定。在法院飯堂接見她的「執事先生」告訴了她「好消息」後，對這位淚水盈睫的受害家屬說：

「我知道你的感受。很多人都像你這樣。他們一聽到這麼值得興奮的消息時，往往喜不自勝，眼淚奪眶而出。共產黨犯了錯誤，就會勇於承認。你告訴我，從古到今，從東方到西方，有哪些國家比共產黨領導下的政府統治得更見智慧？更能伸張正義？」

不肯認錯，就不會有平反，其理至顯。因此我們可以預見，北京現任屠夫塌臺之日，將是因六四事件而背了反革命和叛國諸罪名的學運民運分子平反之時。然後再來第二回合「向前看」，等待另一次悲劇的到臨。

心無悔意的認錯，僅是踩著人家鞋面說聲對不起的社交禮儀。

巴金在文革後發憤爲《隨想錄》，希望後世子孫記取教訓，不再蹈歷史覆轍，用意應與得諾貝爾和平獎的美籍猶太作家威素（Elie Wiesel）相似。威素在〈我爲什麼要寫作〉一文說過：

> 別忘了我們所經歷過的浩劫，父親對兒子說，兒子對他的朋友說。把受難者的名字、臉孔和眼淚收集起來。如果你們遇到奇蹟，能逃出生天，別忘了把真相發表出去，一些也不要隱瞞。那時我們發的誓言就是這樣：「如果我能僥倖逃生，將奉獻餘生為死

者說話。」

爲死者發言，爲歷史作見證，以巴金的地位而言，是義不容辭。對他個人的心理狀態，叶露夫人蕭珊代他受折磨的經過，也是一種自療的方針，一種驅心魔（exorcism）的手段。

鄭念、羅自平均非文科出身，他們劫後餘生，血書個人經歷昭示天下，完全是一種歷史的意外。可見有些心中壘塊，酒是澆不掉的。

《上海生與死》早有中文本，不必介紹。個人拜讀《霜葉》之餘，除了摸到幾十年來打著人民旗幟的政府摧殘人民的痕跡外，另外一個難忘的印象是：浪費。一個優秀智慧的民族幹著最無恥、最荒唐、最反「機會成本」之道而行的人力、物力、時間、才能的大浪費。

一九六六年五月某日，年方十四歲的譚希鷗寫了一篇作文，老師大爲激賞，打算推薦參加全上海中學作文比賽。可是在分組討論時被一當紅高幹的「小衙內」揪小辮子。

「這篇文章說，」小衙內高聲嚷道：「『知過能改，就是好同志。』這是什麼話！毛主席是不是好同志？毛主席犯過錯誤沒有？」

在場的老師本想顧左右而言他，但小衙內不肯放過，最後只得「效忠」說毛主席從不犯錯誤。

老師既下了這麼一個結論，小衙內就一口咬定譚希鷗的文章是反革命，拒絕討論，憤憤離場。

譚希鷗堅持己見，認定「知過能改，就是好同志」是一種常理。而且，這說法並不排斥「但好同志並不一定會犯錯誤」的可能性，因此與「毛主席是不是好同志」論題無關。

老師覺得凡牽涉到毛主席聖名的討論，都是與殺頭有關的事，只好滙報領導，最後由校長陪同黨書記出席聽證。幸好官老爺沒表示意見，老師才有勇氣對小奤內說，「誰對誰錯不重要，最重要的是這種討論提高了大家的警覺。」

可悲的是，這種強詞奪理的作風不限於羽毛未豐的小混混。據《霜葉》所載，文革踏入高潮時，在國際上有名有姓的科學家爲了表態，居然以「戰無不勝的毛澤東思想」爲據，爲文「推翻」牛頓定律。本書的敍事者雖爲譚希鷗，但因身世與作者羅自平吻合，固可視爲「他我」(alter ego) 這一點本不必言明，只是譚希鷗自學成功這例子太不尋常了，若無作者本身的成就互相印證，不易取信於人。

據英文版所列有關作者身世的資料，她在文革失學階段，父執輩的「牛棚知識分子」中，有不少人爲她勤奮向學所感動，不惜冒著批鬥之險，抽空幫助她自修數理和外語的課。文革結束後，羅自平以自修生資格考入研究院，隨後獲得普林斯頓大學獎學金。學成後繼續在加州理工學院 (California Institute of Technology) 做研究，現爲加州科技大學

(Calfornia Polytechnic University) 物理化學教授。

《霜葉》書內所言譚希鷗的自學背景，與羅自平雷同。共產黨把人折磨成鬼的故事，我們聽了不少，幾乎每本文革餘生錄都有記載。如果要指出此書異於同類的特色，那麼顯而易見的是作者那種處於逆境、力求上進的超拔精神。這種堅忍不屈的生命力，眞是力透紙背。許是家學淵源吧，譚希鷗從小就認識到知識本身就是德行和力量。她了解到「學如逆水行舟，不進則退」，所以文革開始一年後，就在父親的鼓勵下與姊妹朋友組織了「自修小組」。他們在一位留美學生王教授的指導下，開始自學數學、物理和化學等科目。她早上四時半就起牀念書，兩個月內就趕上了相當於高中兩年的課程。

她正要進入微積分階段時，王教授因「美國關係」以間諜嫌疑被捕。

譚希鷗自修微積分的計畫沒有因此終止。開始時備嘗艱苦，後來覺得其樂無窮，到了廢寢忘食的最高境界，三個月內做了五千多個習題。

後來她以同等的毅力與恆心，修了德文。除此之外，她自修過的外語還有日文、英文和俄文。

七十年代中她閉門苦修過的科目，包括導波場論和量子化學。

一九七七年底，大陸舉行了文革以來第一次大學入學試。譚希鷗自信自修的成績早已超過大學階段，沒有去投考。

研究院的入學試，要到次年五月才舉行。她報名參加了。跟她選同樣一位指導教授的全國應考生，一共二百六十五名。

第一次考試，淘汰剩下來的是十四人，譚希鷗名列第十二。十四人再考一次淘汰試，入選的有九人。譚希鷗名列第三。

我們要特別注意的是，除了減少睡眠，她實在沒有多少時間可以溫習功課。文革初起，她父母即遭巨變。新聞記者出身的母親，鋃鐺入獄，最後被判勞改。學經濟出身的父親，被紅衛兵毒打了五天後，家人覺得爲了保全其性命，最好對外宣稱老人家已成殘廢，癱瘓在牀。

譚希鷗兄弟姊妹共四人，母親不在上海，父親是「反革命」，「殘廢」在家，生活還得患難知己從中幫補。

在她投考研究院前幾年，譚希鷗還是名副其實的勞動人民。她先後在兩家工廠幹「粗活」。這正是我上面所說她自學成功難能可貴的地方。她用的是過時的參考書，不是借來的就是手抄的。半夜有人敲門，還得把書稿躲躲藏藏。若是尋常女子，恐怕早就精神崩潰了。

可是她不但硬挺挺的撐了下來，而且最後得償所願：在愛因斯坦做過研究的大學完成學業。

聰明才智出自天分，別人羨慕不得。但自童年開始就要在是非不分，把黑說成白的野蠻世界中討生活，她怎能保持清醒？支持她堅守「人者仁也」的信念與勇氣從何而來？這不得不附帶提及本書另一特色。譚希鷗的家庭，堪稱父慈子孝、兄弟友愛的傳統表率。正因家庭給她足夠的溫暖，使她日後面對各類牛鬼蛇神時不致失去對人的信心。研究院錄取了她後，那位曾以「戰無不勝的毛澤東思想」立論「推翻」牛頓定律的風派教授，曾示意自己的學生與「反革命」的父母「劃清界線」，譚希鷗寧願失去入學機會，也不肯背叛父母。

也許她父母是在舊社會中長大的人，對友情很是看重。大災難來了，出賣別人以求自保成了常規，她父母自也難逃劫數。可是「異數」也著實不少。平日一直接濟譚家的一位朋友，自己大禍臨身時，還沒忘吩咐兒女，他的「月給」一到手，就把譚家的「津貼」寄去。身染殘疾的名教授，受朋友之託，不收分文定時爲譚希鷗補習德文。人離開上海後，還每周函授，把改好的習作用掛號信寄還給她。

這些在亂世中出現，改變她一生的義人，譚希鷗一直記掛著他們相濡以沫的表現，使這個十四歲起就受「批判」的女孩保存了善心，免於憤世嫉俗。

自己對人生的層次有基本的認識，對別人的行爲才更能了解。她家人受盡紅衞兵的折磨，可是她卻沒有懷恨在心。她說對了，這些人如果生於奴隸社會，會變成百依百順的奴隸。生於封建時代，必會上京應試。及第後爲官說不定就會魚肉人民。若是壯年適逢國家有外患，他們會是浴血沙場、保家衞國的戰士。

以此推算，引導天眞無邪的孩子走上紅衞兵路子，幹下滔天罪行的禍首元兇是誰，也不必說出來了。

本書的敍事方式是書信體。第一封信是譚希鷗發給一位名叫胡永華的教授的。事緣譚希鷗和她的弟弟在痲省理工學院博物館撿到一本上有上海復旦大學標記的記事簿，內夾了一封胡教授致他兒子的信。爲了找尋失主地址，他們把信看了，這才知道胡永華刻正在痲省理工學院訪問。他一定對兒子說過自己厭世。

譚希鷗立刻請她弟弟按址歸還失物，同時寫了信給他，請他別尋短見，因爲他的身世卽使不幸，世間比他更不幸的人有的是。而她自己一家的遭遇，就是個好例子。

於是她一封接一封的寫信給胡永華，報導自己的經歷和感受，因此展開《霜葉》這個幾近傳奇卻也是自傳性的故事。

胡永華教授最後不但沒有尋短見，而且在痲省理工學院研究期間，在本行數學範圍內得到相當重要的發現。

楓葉因霜而紅，美則美矣，只是命太苦了點。

鐵屋滄桑

轉眼又快到天安門血案一周年紀念了。文革結束後，中共領導人除了把人間一切罪惡推到四人幫身上外，對制度本身的缺陷，並無實質的檢討。但人活着，總得有個希望。於是「向前看」口號應運而生。

事實上中國老百姓除了「向前看」，或拐個彎「向錢看」，再也沒有什麼促致心理平衡的法子。文革元兇關在天牢，水洩不通，凡夫俗子休得妄想把江娘娘捉將出來斬首示衆。鄧小平等好漢當年免這婆娘一死，想來倒非出於什麼菩薩心腸，實在是羽毛相惜、官官相衞，以防他日自己一旦失手，新領風騷的人也有前例可援，保住老命。

「向前看」因是「不念舊惡」的另一說法，瀟洒極了。

到了六四那天，「向前看」這句話說得出口麼?根據官爺的邏輯，天安門事件是一小撮反黨反革命分子的叛國行爲，得徹查究辦，因此向前看等於養奸。

但不向前看又差不多是自找麻煩。離開了官爺的圈子，民運分子是否叛國、反革命，大家心裏有數。這種羞家事，除非外賓問起，還是不提爲妙。事實上，官爺嘴巴雖不好說，心裏倒希望全國上下再來一次向前看，讓廻光反照的日子中少一件心事記掛。

不幸向有好管閒事習慣的眞假洋鬼子偏愛「驀然回首」。

六四那天，英國廣播公司記者 Kate Adie 到協和醫院採訪，在場的學生與市民重託她說：Tell, tell, tell the world!「把眞相告知全世界！」

據舊金山中國書報社一月十五日發出的書訊所記，這一年來美國出版界所出的有關天安門事件的書籍，已超過八十本。而送至該社等候審閱的稿件，還有十多件。

屠城這題目，不如明星起居注那麼有市場價值，除了不甘寂寞的老報人如 Harrison E. Salisbury 外，不會誘人作一窩蜂投機之想。（見一九九〇年二月二十五日《世界周刊》董鼎山文。）發奮立言既不爲財，想是意難平了。這些作者，不外是接受了暴政下中國老百姓直接間接的敦促，要把眞相告知全世界。

將於五月正式面世的《鐵屋：中國民運與天安門大屠殺回憶錄》（*Iron House: A Memoir of the Chinese Democracy Movement and the Tiananmen Massacre*）就是其中一本，而且以作者的資歷、經驗、身份與文字發表的經過說來，可能是與別不同的一本。

作者杜邁可（Michael S. Duke）爲加拿大英屬哥倫比大學（The University of British Columbia，當地華僑簡稱卑詩大學）中文系教授。他去年暑假到北大，本要搜集資料寫書，卻想不到適逢其會，在神州大陸當了「老外」反革命分子。捐款遊行，不遺餘力，差點賠了老命。

六月初他脫險投奔香港，應《信報》之邀，以日記方式寫下了《地獄門》一系列文字，於八、九月間見報。《鐵屋》一書，與中文版大同小異，只是篇幅增加了不少，更彌足珍貴的是他自己拍下來的名符其實的歷史照片。

坊間有關屠城報導的英文書，作者泰半非漢學生。作者能中英文併用的，更絕無僅有。我特意點明《鐵屋》作者的身份，並不表示凡是「老外」漢學生，中國情懷就比一般作者激烈。看你所研究的是那個朝代。如果把中文當作希臘文或拉丁文一樣看待，整日消磨於先秦兩漢典籍中，神遊古人足矣，整個中國大陸成了龐貝（Pompeii），沉吟一句「回首可憐歌舞地」已夠發人思古之幽情。

六月五日那天，杜邁可困處 Shangrila 飯店，加拿大國家廣播公司與他取得聯絡，要他作電話訪問。

「杜教授，你現在身處北京有什麼感受？你對這兩天發生的變故有什麼感想？」電臺記者問他。

他說他當時的反應好像人家問他家裏死了人，他有什麼感覺一樣。

這問題令他幾乎垮下來，但他還是振作答道：「我難受極了。我親眼看到中國的青年死去，我難過得很。除此之外，我還能有什麼感覺？這眞是悲劇。」

欲哭無淚、欲語無聲。對高貴的、醜陋的、卑鄙的、壯麗的中國和中國人認識與投入不如杜邁可之深，無法達此境界。

六四悲劇發生前，研究中國現代文學的另一位「老外」葛浩文（Howard Goldblatt）教授，早已由大陸返回舊金山。六四後他回了一封我六四前給他的信，劈頭一句就說：Everything seems irrelevant now。引伸出來說，也就是我們談的什麼現代主義、後現代主義、先設小說、後設小說，現在看來，全是風花雪月之談，無關宏旨。

離開北京前，杜邁可試用電話跟北大的朋友告別。只跟一位聯絡上。他咽著聲跟對方說保重，那邊也含淚說：We have treated you badly。這句話，不知原文是怎樣說的。會不會是「我們沒有好好招待你」？看當時形勢，不會是這種口氣。杜教授拿了研究經費到北京訪問作家，搜集資料，卻落得以「難民」收場，這句話想是對方爲自己國家悲痛之餘，也覺得有負來自國外的有心人，因此說出「我們對不起你」也不爲奇。

對方說：「我們一定後會有期。」

杜邁可說：「對的，我相信一定會。」

如果不看本書的結尾，這不外是句應酬話。杜邁可坐的國泰班機一抵溫哥華，自有電台、電視台記者蜂擁而上問話，不必細表。其中一個問道：「你將來還會回到中國去麼?」

「除非現在的政權倒臺，否則不會回去了，」他說。

爲了中國、爲了中國人民、我們希望在不久的將來杜教授有機會重回北大看他的朋友。想不到簡簡單單一句「珍重再見」，在不同的時空會有如許的感染力，也這麼不著痕跡的表達了一個「老外」讀書人的節操。

《時代周刊》編輯記者集證言而成的《北京屠城記：中國人爭取民主的奮鬪》(*Massacre in Beijing: China's Struggle for Democracy*) 編者引言有云：「由於鎭壓民運的結果，好幾千人死了。可是同時作廢的，是我們對中國人民的成見：他們並不是沉默、對政治漠不關心、不願意站起來對抗政府的一羣。」

《鐵屋》書名，出自魯迅《吶喊》序言。魯迅一生，對懵懂、無知、冷漠、自私、痲木不仁的同胞的德性，最爲傷心，這是大家都熟悉的事。但他最後決定打破沉默，出來「吶喊」，無非是對「鐵屋」內的同胞，並沒有完全絕望。他若喊醒了一些不熟睡的人，說不定還有衝破鐵屋的希望。杜邁可以鐵屋作書名，用意想與此相同。

六四前在電視上，我們看過不少北京居民守望相助、救急扶危、視死如歸的大仁大勇精神。這種民族的覺醒與生機，在杜邁可書中，除了文字，還有圖片可以引證。我覺得最感人的一幀是這則「通告」，茲全文錄下，作為本文之結束。原文並無標點符號：

自同學們進入絕食我的心情非常憂慮寢食不安擔心同學們的身體健康為了讓同學們多喝一口水我個人自願義賣三天我個人所得的提成獎金全部捐獻給絕食的同學盡以微薄之力以示聲援

校內郵局報刊處　白文海

「校內」是北京大學。

中國專家的浪漫情懷

隨著美國同胞陳香梅女士組團到大陸去釣魚觀光後，北京又傳來解嚴消息。到哪一天方勵之事件因鄧老姑念與布希那廝是忘年交，放他一馬，死結迎刃而解，我們就可在全國各大港口看到這張告示：「本店自卽日起恢復正常營業。裝修期間給各仁人君子諸多不便，誠感抱歉。爲酬雅意，卽日起存貨五折大傾銷，敬希垂注，幸勿向隅！」

那麼，你問，所謂的六四天安門事件就此在布希政權的紀錄中一筆勾銷？你問得天眞，不勾銷大家又怎可以照常營業？要知在政壇和商場掌權的人都有此共識；別鬧脾氣，處處得爲大局著想。

就秉著這個大原則，布希總統乃效法王維林「雖千萬人吾往矣」的無畏精神，在天安門屍骨未寒之日，派欽差大臣到天朝叩頭。喬治•布希怎這麼厚臉皮？我兄此言差矣！數厚臉皮人物，還看當了多年反共義士的尼克森。在朝如是，在野如是，他眞厚得貫徹始終。單是文革十年，受毛澤東偏執狂之害而死的中國人，何止千千萬萬？可是毛作古了十多年的今天，他還拍毛馬屁，說毛是他四十年來所見的堪與丘吉爾相提並論的「偉大領袖」。如果毛是美國總統，尼克森再胡塗，也不會說出這種喪心病狂的話來。由此可見他是毛的信徒，認爲死人既是天天發生的事，何必大驚小怪？

不過在朝的人臉皮不厚，不好辦事，不談他們也罷。再說學界中人臉皮厚得刀槍不入的，著實也不少。最近看了倫敦女士（Miriam London）刊在 *Freedom At Issue* 一文，感慨良多，我們就把她文內提到某些中國問題專家作此中代表吧。

倫敦女士文章題爲〈中國：實力政治中的浪漫情懷〉(*China: The Romance of Realpolitik*)」。以她之義看，所謂浪漫情懷，成因不是出於無知，就是主見太深，論人論事，因此容易犯了一廂情願的錯誤。主觀太強的人，有時即使在鐵證面前，也不肯改變自己的看法，因爲這等於否定自己一生的努力。倫敦女士的話，一針見血。她說美國與中共建交前，大陸竹幕低垂，消息難通，但也並非水洩不通。問題是，我們有浪漫情懷的中國專家，「他們並不要知道大陸眞相——他們只要相信自己相信的一套。」

難怪倫敦女士進一步控告說，竹幕對這些浪漫專家爲用大矣。只要血淋淋的事實不公諸於世，他們便可以權威的資格大做文章，憑豐富的想像力替他們認同的新中國建築亭臺樓閣。

因此，在我們看來，這類專家，不論出於無知也好、生性剛愎自用也好，一樣是臉皮厚得絕不會臉紅的人。

尼克森初進大陸叩關時，中國仍處於文革瘟疫時期，老百姓憂患餘生，喘不過氣來。可是中國專家卻肯定的說，在毛政權下的中國人民，「安居樂業、態度舒閒、做事自動自發」。

為什麼大亂之下還有這種氣象？「因爲呵，」倫敦女士引中國專家的盟主一九七二年的意見說：「中國政府是靠在道德上堪爲典範的賢人管理的，靠的不是法律。」

爲了存 China's government by exemplary moral men, not laws 原文的眞，譯文故意囉嗦一點。「盟主」的原文是 dean，指的是誰，大家心裏有數。倫敦女士既然無意點破，我也姑隱其名。不過，這位盟主可眞浪漫得可以，居然把毛澤東等人的德行與堯舜並列，未免太枉讀詩書了吧？

漢學家盟主看中國問題都胡說八道，難怪跨國掮客季辛吉初會周恩來時，方寸大亂。他認爲周是他一生中所遇過的予他印象最深的二三人，「態度溫文爾雅、耐心十足、智慧驚人、熟慮深思、討論問題時從容不迫、見解鞭辟入微……」。

同樣一個周恩來，在賴達尼神父（Father L. Ladany）的觀察中就不一樣：「像周恩來這類人，是從來不說謊、也不說實話的。因爲在他們看來，謊言和眞相沒有什麼區別。他們說的，都是應運而生的話。周恩來是個十足的君子，也是個不折不扣的共產黨員。」

文革後得到「平反」，六四屠城後理應再名列「黑籍」的李克曼又怎樣估價周恩來呢？「周恩來有一種才華：可以用天使般的嘴臉吐出魔鬼才說得出來的謊言。有些人在你背後捅一刀，手法之瀟灑俐落，令你覺得非要謝謝他一番不可。周恩來就是這種人。……他殺過不少人，卻能逍遙法外。難怪世界各地的政客一致對他佩服得五體投地。」

本來，如果學術與政治互不汙染的話，像漢學盟主那些浪漫宣言，廻音也只限象牙塔內。但實際情形不是這樣。原來自尼克森訪北京後，美國政府知道與大陸的關係正常化是早晚要出現的事。但尼義士搖身一變給毛主席擦起皮鞋來，又怎樣自圓其說呢？答案：求援於中國問題專家，由他們在《紐約時報》等傳媒造勢。

文革時代中國出現了「堯舜之治」這種神話，就是實力政治與浪漫情懷結合誕生出來的怪胎。像尼克森和季辛吉這種政客，究竟相不相信中國專家那一套呢？倫敦女士的看法是，相信不相信只有他們自己知道，但專家的觀點剛好作爲實力政治的理論根據，功用至大，這是毋庸置疑的。在毛暴政下送性命的老百姓、政客卽使略有所聞，不過，套用倫敦女士的話說，這僅是一個「無血腥的抽象概念」(a bloodless abstraction) 而已，不會影響到兩國在互利的原則下要共商的大計。人血，只要不流在自己的國土上，在這些有使命感的政客看來，果然與胭脂無異。

六四屠城的事實透過電視螢幕傳到中國專家眼前，他們若不譴責一下中共暴行，說不過去。但值得注意的是，他們表示遺憾之餘，馬上想到實力政治的利益關鍵去。因此他們呼籲：別孤立北京，更別施予經濟制裁。這種論調都由中國專家搶先推出，因為他們抱著人溺己溺的精神，相信經濟制裁的最大受害人是中國老百姓。

依倫敦女士看，這又是他們一廂情願的看法。北京頭頭看重專家如 Michael Oksenberg 者的貢獻，就是這原因。怪不得鄧小平在天安門濺血後不過四五天，就滿有信心的對從犯劊子手預言，只要本店內部裝修完畢，就有走資的顧客上門。怕什麼？

鄧小平依恃什麼？無非是中國專家替北京政權由來已久的「關說」與「造勢」的傳統。西方國家所關心的所謂人權問題，他也不放在眼內。卡特總統時代的助理國務卿 Roberta Cohen 不是說過麼：「有關人權問題，中國是個例外。」

鄧小平看準了這一點，魏京生要關就關，絕不手軟。你們愛鬧，就儘管鬧吧！鬧過後不是一樣的愛喝茅台？

說了這麼多話，倫敦女士的立場是什麼？簡言之，她認為白宮的房客總或多或少的受到中國專家浪漫情懷所感染，因此不知不覺的縱容了北京的暴君。那麼美國政府應採取什麼措施才能解中國人民於倒懸呢？她引用了匈牙利作家 Miklos Haraszti 因六四事件有感而發的話：「沒有外國政府施加壓力，暴政永無休止。外來的壓力絕不會壞事的。那個以暴政統治的國家若要與西方保持有利的關係，這種外來的壓力也最易見效，最低限度也會遏止其變本加厲的趨勢。」

倫敦女士的結論是，美國有的是與中共政權討價還價的實力，可惜往往不討價就還價。十多年來任由「浪漫情懷」滋生，誤把暴君作堯舜，眞的是助紂爲虐了。周恩來戴著白手套殺人逍遙法外，因爲大家看不到現場血跡。

現在北京屠夫的本來面目，大家看清了，可是我們的中國專家，除了大澈大悟的幾位外，還是依然故我的浪漫下去。

倫敦女士結尾的一句話，有同類文章少見的直言無諱：「竊據北京的李楊政權，既不合法，也不穩固。他們等的就是自由世界下一個愚昧的措施。」

她的文章脫稿日期應在一九八九年七八月間，證諸月來局勢的發展，她的話不幸言中了。她文中提到一九七九年發生的魏京生事件，那時鄧小平剛上臺，百廢待舉，在在需財。照她的估計，卡特政府的人權立場如果站得穩，眞的去討價還價，說不定鄧小平會有顧忌。

正因爲就人權問題上，美國政府表裏不一致，讓鄧小平和陳雲等人看出了「紙老虎」，才會對民運學運恣無忌憚的鎭壓。一九八七年修理學生已經不手軟，一九八九年那會例外？

按 *Freedom At Issue* 編輯的簡介，倫敦女士專攻蘇俄與中國問題的研究。她爲六四民運仗義執言，話說得不帶絲毫浪漫情懷，有念舊情習慣的布希總統，大概聽不進去。我把她近六頁的長文概要介紹，無非想讓國人知道，中國專家中「爲匪張目」者固有之，一士諤諤的也有人在。

乙輯

拾糞的孩子

一本普及本訂價臺幣三百二十元的國民黨退休公務員傳記，四月十日第一次印刷，十五日已出第十四版，不能不說是臺灣近年出版界的一件盛事。

這就是楊艾俐寫的《孫運璿傳》。

孫氏於一九七八年五月三十日就職行政院長。一九八四年二月二十四日因腦溢血入院開刀，隨後率內閣總辭，現爲總統府資政。

在他主政的六年間，臺灣經歷了不少政治、經濟與社會的波折。他上任半年，遇到的第一個難關是中美斷交。第二年又有美麗島事件。跟著來的第二次石油危機和葉劍英發表的「和平統一」九點方案。

孫氏傳記成了暢銷書，想是臺灣老百姓把這山東漢子引爲患難知己。他在榮民總醫院手術房時，有人擔憂患了血癌經年、久已封刀的大夫沈力揚身體是否撐得住，這位醫生說：

「用我的一命換院長一命，很值得。」

孫運璿一九四五年到了臺灣參加電力接收工作。那時在臺灣服務的三千名日本技術員工，奉命遣返日本，而跟隨孫氏來臺的技術人員不過五六十人，難怪日本人臨走時對臺電的人說：「我們怕三個月後，臺灣可能就會黑暗一片。」

孫運璿和他的同事不願意給戰敗國的日人看癟，帶著臺北工專三四年級的學生，登山涉水，拿出土法煉鋼與大禹治水的精神，搶修被盟軍炸毀的供電設備。

五個月後，全省八〇%電力已開始正常供應，教幸災樂禍的日本人對中國人的能力與責任感刮目相看。

孫氏一生歷任臺電總工程師、交通部長、經濟部長，最後布衣拜相，對國民黨治臺三十多年的得失成敗，息息相關；臺灣的中國人對他身世感到興趣，想是對這位難得的父母官的懷念。

《孫運璿傳》對無黨無派的海外中國人有沒有一看的價值？有的，我竭誠推薦。

《天下雜誌》總編輯殷允芃爲本書作序說：「說服孫運璿資政接受天下雜誌的建議，撰寫《孫運璿傳》是在一九八六年春天。那時十信風暴剛過，社會氣壓低迷，各界抗議紛爭不斷，臺幣被迫節節升值，投資意願低落，大家樂風行。許多人都在爭取自己個人的權益，許多人心中卻也鬱悶不平。

「八年抗戰的艱辛團結和建設臺灣的克難打拚，對年輕人而言，似乎是一片空白。如果能透過對孫運璿先生一生經歷的忠實紀錄，是否會幫助年輕人增加些對大時代的認識瞭解？幫助讀者增加些對社會的共識和國家觀念？」

孫運璿基於對青年和社會的關懷，考慮再三後答應了。他靠退休金度日，但不取分文版稅，捐作基金。

其實，即使我們不把孫運璿看成使國民黨官僚形象一新的大功臣，他堅毅不拔、勤奮自勵的一生也饒有教育意義。

他原是山東蓬萊縣撿糞的孩子，每天早上四五點鐘就給祖父吆喝起床，拿著竹筐掃把到路上撿人糞、馬糞和驢糞回家去當肥料。

孫運璿孩提時，父親在外地唸大學，母親在妯娌間受盡閒氣，這間接促成了他要強的個性；做人爭氣，給母親討回點面子。手術後康復期間，過農曆年時，他拜祭過母親後，推掉侍衞送過來的輪椅，自己拿起拐杖來，說是「我要走給我母親看！」

念法科出身的父親孫蓉昌對兒子日後也有決定性的影響。孩子還未上中學，他就一直告訴他：「讀聖賢書，所學何事？」讀書就是要爲國家做事。在孫蓉昌當時看來，要報國，就得學工程，而且中國俄文人才奇缺，因此決定把兒子送到哈爾濱專為俄僑子弟而設的中學去念書，希望將來從俄人手上「把我國權利爭回來」。

孫運璿沒有讓父母失望。一九三四年五月，十九位哈爾濱工業大學的俄國教授口試他的畢業論文。一個多小時後，他們以滿分特等優異成績，給他應屆第一名畢業生的殊榮。

忠臣出於孝子之門。孫運璿父母從小灌輸給他的忠孝節義思想，日後在他生命中一一實踐。動手術後的第二天，蔣經國第三次去看他，他叫人拿了紙筆，潦草的寫了「對不起總統」五個字。

四五六十年代的臺灣，百姓生活艱苦，公務員不貪汚作弊，一樣食無魚肉。那時孫家不能每頓飯吃白米，「要配著番薯一起煮，有三、四樣菜，大都是青菜、豆腐，每個人夾兩筷子，就盤子見底了。」

他們靠典當與預支薪水過日子，但孫運璿不敢或忘庭訓。跟他一起來臺接收電力的美國J・G懷特公司的朋友，一向佩服他的幹勁，想把他挖到美國去，但「這位面容清癯的工程師踏著滿地纏繞的電線，摸摸傾斜的電線桿，抬起頭來說：『我的氣力要用在我的國家、我的人民身上。』」

當然，如果楊艾俐把孫運璿寫成一個飢不言餓，勤不言勞雷鋒式的人物，那這本傳記不讀也罷。孫氏到了五十一歲那年（一九六四），面臨一個重大的抉擇：世界銀行要聘他去非洲的奈及利亞當電力公司的總經理。

他覺得「自己年事已長，而積蓄毫無」，母親已七十四歲，子女日後的教育費全無著落，應聘到奈及利亞去，拿的是世銀薪水，一切經濟問題，迎刃而解。

但他還是以公務員的身分對世銀的聯絡人說：「我願意去，但能不能去，還得看政府的決定。」

世銀堅持要孫運璿這個人遠征非洲，可說是對他在本行的成就充分的肯定，因爲應徵他這個差事的人，有來自五十多個國家的菁英。

那時臺灣與奈及利亞並無邦交。孫氏的上司如行政院長嚴家淦也許因此想到，派這個人去不但是中國工程師的光輝，他表現出色的話，也會促進國民外交。

孫運璿到奈及利亞全國電力公司視事不久，卽創造了「不斷電」的紀錄，難怪一九六七年他受任交通部長，提上辭呈後，公司就流行這句話：「孫（Sun）走了，太陽（sun）也走了。」

孫運璿在行政院長任內，爲了抵銷美國斷交後帶來的種種挫折，決定自力更新，把臺灣建設成科技島，研究經費增加了十倍。但他爲臺灣現代化提出來的種種措施，間中受人非議。一九八四年二月國民黨三中全會中就有國大代表劉瑞昌這麼刻薄的指責過他：「你該做的事沒有做，不該做的事都做了。該講的都沒講，不該講的都講了。」

孫氏的教育背景和個人興趣，決定了他日後「技術官僚」的路線。他跟政客混不來，跟科技專家相處，卻如魚得水，許多在國外科技界取得尖端成就的專家，跟他接觸不久，就會被他謀國之誠所感動，放棄了外國的職位，回臺灣參加建設工作，給臺灣自動化開山闢路的石滋宜這樣回憶說：

「在他的辦公室裏，我向他報告自動化新趨勢，不只是大量生產的機器人，還有電腦輔助設計（CAD）、電腦輔助製造（CAM），我國人工昂貴，需要趕緊進行。十幾分鐘後，他馬上就說：『對不起，我的觀念錯了，這個重要，我們要開始實施。』一位行政首長，能承認自己錯誤，我都有點措手不及。」

石滋宜原任職加拿大GE公司，爲了積極參與自動化的策劃推展，他辭掉了那邊的工作，搬進臺北大直的彩虹賓館單人房，率領著百多位工程師、管理專家，深入各工廠診斷生產問題。

難得的是孫運璿對自己的長處短處不但知得清楚，而且坦然承認自己的盲點。他說自己工程師出身，長於硬體建設，短於軟體。

如果他對石滋宜強充內行，不承認估計錯誤，就會給臺灣立下「外行領導內行」的惡例，而石滋宜這類專家，也不屑回臺灣做事了。

國民黨統治大陸期間，黃鐘毀棄，貪官汚吏魚肉人民的案子，層出不窮。讀《孫運璿傳》最教人耳目一新的，正是這位公務員，有脂不潤的清廉作風。他的大女兒追憶說：「小時候，每次有人來送禮，放了就走，爸爸把禮物往外一丟，奶奶馬上拔起她那雙小腳，追著客人還給他們。」

有一次臺電一位部屬送了兩隻鷄來，孫老太太不肯收，兩人拉拉扯扯，一隻鷄竟生下蛋來，最後只好折衷把鷄蛋「權宜收下」。

《孫運璿傳》長達三百四十六頁，雖說是孫氏個人傳記，但也可作爲國民政府遷臺後自力更生的史實看。臺灣今天經濟發達，但我們知道離三民主義的理想仍遠。國際政治人物對中共越是姑息，對臺灣各種缺失的挑剔越不遺餘力。殷允芃的序言說，每到這種場合，孫運璿會用誠懇的眼神逼視詰問：「與中共相比，除了我們比較小之外，我們又做錯了什麼？」

看完了《孫運璿傳》，我心頭感覺到一絲絲暖意。我們不必認同國民黨，但是要知道，「在這個年代裏，曾經有個人，他終生縈繞著中國、中國人、中國事於懷，年年操練著清介、耿直、不二心，月月日日念念難忘千萬人民福祉。」這已經夠了。

中國人的官場能有像孫運璿這種勤政親民、有爲有守的父母官，老百姓納稅也納得甘心。他在榮總養病期間，各報社代轉的信件中有一封是老兵託兒子寫的，對他這麼說：「只要能對院長有幫助，要我捐出器官，我都願意。」

種瓜得瓜。孫運璿一生爲人民服務，到晚年得到人民如此愛戴，此生也沒白活了。

父母之言•搖滾之音

——讀《美國人閉塞的心靈》雜記

多年來我給臺灣和香港讀者介紹英美出版的新書，堅守一個原則：內容得在某些程度上給我們面對的問題引起觸類旁通的啓發性作用。

去年底我看了賀殊（E. D. Hirsch, Jr.）的《文化共識》（*Cultural Literacy: What Every American Needs to Know*）後，寫了〈文化共識與塡鴨敎育〉，用意就是給敎育界參考。

芝加哥大學敎授布魯姆（Allan Bloom）一九八八年出版了 *The Closing of the American Mind: How Higher Education Has Failed Democracy and Impoverished the Souls of Today's Students*（爲方便起見，下稱《閉塞的心靈》），賣了八十多萬精裝本，其受社會人士重視，可見一斑。布魯姆在序言開宗明義說，這是一本用老師觀點寫成

的檢討美國教育現況和目下青年學生心態的書，因此可說是「老師手記」、或「反思錄」。

由於布氏持著有理不讓人的執拗態度，處處向美國今日的「聖牛」（如黑人問題和女性主義）開刀，此書備受爭議，亦平常事耳。

十月十七日《時代周刊》以三版的篇幅登了一篇布魯姆訪問記，記者問他的讀者對象，是不是以父母為主，而不是大學的院長階級？

他答道：「我有一位同學幫我翻閱了上千的書評。他說其中寫得最笨得可以的都出自大學行政人員的手筆。有些人顯然從未看過這本書。」

父母輩為什麼這麼關心布魯姆討論的問題？這正是我要抽出其中一些段落介紹給中國父母的原因。我認為，中美社會環境和家庭制度縱有不同，但天下父母心，關心程度是一樣的。而且，臺灣和香港社會，歐風美雨多年，中國青年的日常經驗，除了喜歡穿牛仔褲外，其他地方跟美國青年的距離已拉近得令我們做父母的到了吃驚的地步。譬如說，像婚前性行為、吸毒，和青年人對電影電視暴力色情節目特別喜愛等問題，美國父母早無置喙餘地。我想在這方面，港臺父母的「權威」也大不了多少。

布魯姆談到傳統父權母權的墮落，社會倫理公信的式微，這也與我們的「信仰危機」有關。

因此我們不妨試以參照比對的心情，看看布魯姆對美國青年的心智教育下了些什麼診斷。

布魯姆說他一向認為，美國人眞正接受教育的年紀約在十八歲，也就是說，進大學的時候。在此以前，他們懵懵懂懂，對自己的自我一無所知，對外在世界僅識皮毛。不消說，更無什麼精神面貌可言。

跟他們的歐洲同輩相較，對照鮮明強烈。歐洲中學生在進大學前已從學校與家庭吸收了自己文化的特色。也就是說，他們從文史哲的書籍中得知英國人、法國人或德國人與別的民族在「骨子裏」有什麼分別。

比對之下，年紀相倣的美國學生心智，淸白無暇得像個小蠻人。美國雖說是西方文化的一部分，但他們對歐洲同輩耳熟能詳的經典作家，大部分的名字連聽也沒聽說過，更不用希望他們知道與自己的關係了。

滑稽得很，這些對自己歷史認識不深，對其他民族了解不徹的「小蠻人」，居然要「放眼天下」，要單憑理性看全人類共有的通性，去解決生存的問題。不幸的是，其他國家自有其不可能與別人分享的神祇與民族英雄，難怪「小蠻人」一褻瀆了人家的信仰與價値而不自知。

但在布魯姆當時看來，這種渾沌初開的心靈，也是美國學生可愛的一面。正因爲他們的腦筋不像歐洲同輩那樣早已設防，只要他們有求知慾，他們就會急起直追，填補心靈的空白。布魯姆說他教過的歐洲學生大多粗懂盧梭和康德，但這種知識都是少時「填鴨」得來，日後只夠「虛應故事」，再沒有啓發心智的作用了。

美國學生初讀盧梭和康德的感受因此不一樣。別人的傳統是自己的新天地。歐洲學生自舊傳統長大，對柏拉圖以還各大家的思想，耳濡目染慣了，有時難免覺得這些經典了無新意，其中偏激者乃恣意探新務玄，也就是布魯姆所說的 suckers for the new, the experimental。余英時在〈民主與文化重建〉一文（見《二十一世紀基金會成立紀念論文集》），提到「布魯姆把美國青年的思想混亂歸咎於歐洲大陸傳來的種種虛無、絕望、頹廢、過激的觀念」，也是本此意思。

爲什麼出現這種現象呢？核子戰爭的陰霾、越戰的創傷和社會秩序的混亂固是主因，但布魯姆責難美國專上教育最力的地方，是學制與課程的捨本逐末。學生既有不選修古典名著的自由，知識成了自由市場，而虛無、絕望、頹廢、過激的思想，從來都比講理性、說堅持的理論容易消化。

要了解布魯姆在本書發揚的理念，我們可不能忘記他是柏拉圖專家。而柏拉圖認爲一個人如不終身追求德行（virtue）、追求知識，是永遠不會快樂的。

現在我們再回頭看看布魯姆最早認識的美國大學生。「小蠻人」在經典大師的著作消失於必修科前，布魯姆曾寄予厚望。美國學生雖然不像歐洲人一樣隨手可以摸到哲學與藝術源流的根，但他們理性開放、心無城府，又無傳統包袱負擔，因此可以不受時間、地點、成見的限制鑽研古籍，發幽搜微，止於至善。

布魯姆那時以爲美國學生既具備了這些條件，該是希羅文明承先啓後、繼往開來的理想人選。他在一九六五年說過這些樂觀的話：

> 這一代的學生很特殊，對世事的看法也跟他們的老師大不相同。我所指的學生是水準較高的大學的優秀學生：那些主要學文科教育並正在接受最佳訓練的學生。這些學生從沒有經驗過父母的一代在大不景氣期間所經歷過的有關物質缺乏的擔憂。他們生於安樂，期望將來更安樂。因此他們對物質的需要非常冷淡。拿到了，並不覺得驕傲，更不會挖空心思去為了爭取到一樣東西而巧取豪奪。
>
> 正因為他們物慾不强，他們隨時可以為了理想而放棄安逸的生活。事實上，他們樂於這麼做，以證明自己不是物質的奴隸，願意服從崇高的召喚。換句話說，這些學生是貴族政治的民主版本。二十年來持續的繁榮給他們無限的信心，相信謀生不難。這種

信心也使他們願意冒風險，只要看來是有意義的工作，他們都願意做。既然傳統不是包袱、家庭不成阻礙、經濟沒有負擔，他們自自然然養成開放而慷慨的性格。他們大致上都算好學生，每有所學，感激於心。我們只消看看這些學生中的菁英分子，自然就會對這個國家的道德與知識情況感到樂觀。

但好景不常。蘇聯的人造衞星成功發射後，美國朝野舉國震驚。在科技上的優越感一下子受到挫折，只好急起直追。這樣一來，教育的方針變了。科技救國之聲高唱入雲，人文學科相對之下，變得可有可無。識時務的學校當局本有修改課程規定的打算，現在碰到風起雲湧的學生運動，要求刪這個減那個，乃一拍卽合，處處讓步。

布魯姆目睹情況急轉直下，開始懷疑自己對教育的某些信念是否正確。他一直認爲，教育不可或缺的因素是人的「原性」(nature)。也就是說，人類追求「止於至善」的上進心是原性的一部分，也因此是永恆的。若環境適當、養分充足，這原性就會開枝發葉。現在他看清楚了。原性得有社會風氣相扶才能發揮出來。從六十年代中葉開始，美國的社會風氣，一直就不利於原性的發展。美國人一向不重視外語。現在在聯邦政府撥款鼓勵下，大學生除了中文、日文、韓文外，還可以看錢分上選修一些像越南文這類「冷門」文字。在布魯姆看來，這種「社會風氣」，與「明德格物」的教育旨趣無關。

人文學科的關口一鬆，學生在文史哲範圍內的書少讀了。不說對歐洲這個大傳統一無所知，卽使自己的傳統與立國精神也是一知半解、或半信半疑。學生因爲缺乏對歷史與道德的識辨能力，只好隨波逐流。今天美國若干社會危機，也是由於人文精神式微造成的。

古老的文化靠許多神話與傳說支撐其精神骨架。補天的女媧與射日的后羿，我們不必當眞，但其襟懷抱負源遠流長，滋潤了中華文化，增加了我們作爲泱泱大國子民的驕傲與信心。

美國立國日子短，沒有相當於我們的神話與傳統。他們既不能把希羅文明的精神遺產普及到婦孺皆知的地步，唯一維繫各階層人民的經典是聖經、美國憲法和開國英雄的傳記。聖經的地位早已今不如昔。在學院裏，聖經是一部文學作品，而不是信仰的金科玉律。更不幸的是，本來已鬧「不景氣」的宗教，近年因神棍斂財、桃色醜聞頻傳，使美國人日見減少的精神寄託，又弱一環。

英雄崇拜，本是人類「高山仰止」上進心的表現。當然，如果把歷史上的暴君錯認作英雄來崇拜，那是判斷的錯失，不能因此而抹殺英雄事跡給成長期間孩子的正面教育價值。舉世滔滔多是見利忘義、貪生怕死的凡夫俗子。英雄的榜樣自己夠不到不要緊，只要知道世界上曾在某一個時代、某一個角落，有這麼些人把人類高貴的情操發揮得淋漓盡致，也證明了人沒有白活、人是可以止於至善的。

照理說，美國人在神祇消失後，總有像華盛頓和傑弗遜這些祖先可以引以爲榮吧？看了布魯姆的著作後，我才知道連這些「聖牛」也出了問題。原來有些馬克思學派的史家（如 Charles Beard）對美國的立憲精神，持犬儒的看法，認爲這些「開國功臣」眞正關心的，不是民胞物與那一套，而是爲了保私產。

這還不算，民權運動鬧得如火如荼時，激進分子中還宣揚過這些開山父老和他們信奉的原則，都是「種族主義」的體現。

如果這種翻案精神蔓延下去，總會有一天國會迫得修改憲法，把「開國之父」（the Founding Fathers）改爲「開國之人」（the Founding Persons）。

上帝死了，當年的英雄變了這一代美國人良心的負擔，所有傳統的權威均已喪失，大學教育已不能啓發孩子的思想、培養他們的歷史意識，還有什麼家庭教育可言？

《閉塞的心靈》能夠賣上近百萬本，就是因爲布魯姆提出的問題觸到父母心靈的痛處。

布魯姆的看法是，由於「眞理是相對的」說法甚囂塵上，使「開明」淪爲「放任」。反權威、反迷信既爲時尚，難怪孩子最不愛聽的，就是父母的話；因爲在他們的眼中，父母是傳統觀念中權威的象徵。電視節目做得有聲有色，紅透半邊天的演員，是今天孩子英雄崇拜的對象。他們取代了父母的地位，成了家庭裏的「理論權威」。在這種風氣下，父母只好「養而不教」(children are raised, but not educated)。

做媽媽的知道長大了的女兒婚前性行爲勢不可免。勸說既然白費唇舌，不如面對現實，乾脆在她們約會男朋友前，把避孕袋放在她們的皮包內。

家庭能夠教育孩子的，只是一些起碼的做人道理與社會規矩，如勿騙人、勿偷盜。爲什麼？因爲這不是道德問題（孩子怕聽「道德」教訓），而是現實問題：偷騙行爲一旦東窗事發，會犯官非。

關於孩子的前途，父母能講的也不多。「好好用功讀書吧！善用你自己的潛力。」更籠統一些的，會說：「希望你將來快快活活的做人。」

如果孩子眞的肯「下問」父母有關主修科的選擇，那還用說，準是醫科、法科、工商管理或電腦學無疑。

造成父母子女兩代人離心日遠，除上述原因外，還有一種更大更徹底的破壞力量，那就是足以代表「靑少年文化」(youth culture)的搖滾樂。依布魯姆所說，美國孩子從十歲到二十歲這一階段，都是聽著搖滾樂長大的。校園裏當然還偶爾聽到古典音樂，但比例不到百分之十。古典音樂在今天的地位，猶如希臘文和拉丁文這類「死去了」的語言。

布魯姆爲什麼又跟搖滾樂過不去？他的立場又受到柏拉圖的影響。柏拉圖認爲配以「舞之誦之」的音樂節奏，乃是「靈魂野蠻的表現」。爲什麼？因爲音樂本身不但不理性，而且妨礙理性的思維。此說當然有理，我們聞軍樂，熱血沸騰；在教堂聽巴哈，頓起出世之想；在葬禮聆輓歌，泫然欲泣。

搖滾樂呢？布魯姆的說法是：「獨沽一味」，專門挑逗青年男女的性慾，不是情慾。「年輕人知道搖滾樂的節奏是性交的節奏，」他說。

搖滾樂唱的是什麼心聲呢？布魯姆列爲三大類：性、憎恨和口惠而實不至的「四海之內皆兄弟也」之類的人類愛。

孩子還未成年，還不知情爲何物、還不知婚姻和家庭是什麼一回事，這些音樂就「搖滾」他們的性本能，「催生」手段一若揠苗助長，使他們一曲接一曲的過著「自瀆性的虛幻」日子。

性之所以成爲禁忌，是因爲沒有公開出來。搖滾樂不像成人電影，是張貼著歌星海報堂而皇之公開發售的。如此一來，父母若持異議要禁買禁聽，不但不近人情，而且還可能引起家庭革命。到此關頭，父母要消滅「代溝」，爭取孩子的「認同」，只有跟他們打成一片，也得「喜歡」搖滾樂，做「青少年文化」的一員。

布魯姆表明立場說他反對搖滾樂，非完全出於道德上的考慮，譬如說會引起縱慾、暴力和吸毒這類後遺症。他擔心的是搖滾樂對青年人想像力之破壞。一般人要領略到「喜若狂」(ecstasy)的境界，得花好多心血，而且經驗也是漸進的。如爲正義而戰多年，終於得到最後勝利；如談戀愛，好事多磨後有情人終成眷侶；如藝術家創作，嘔心瀝血，終有所成時所感到的喜悅。

但今天的青少年，不必什麼德行才具，不必花什麼腦筋心血，只須一按鍵，就可以樂得欲仙欲死。

這有什麼不對？沒有什麼不對，只是不勞而獲的東西，來得容易，去得也快。布魯姆打了個很「險」的譬喻：聽搖滾樂的經驗有如吸毒。他說他認識一些現已戒了毒癮的學生。他們的經驗之談是：毒品給他們的快樂無可比擬，因此戒毒以後，再無在正常的活動內追求快樂的野心。不錯，他們還可應付日常作業，但態度只是「等因奉此」，再無熱忱可言。

對搖滾樂的迷戀，是階段性的，因此到了某一年紀，這種磁力自動消失。可惜的是，告別了搖滾的年輕人，經驗與戒毒後的人相倣，再難在日常工作中找到樂以忘憂的生趣了。

布魯姆以古典主義的眼光去檢視美國今天的文化現象，難免覺得事事離經叛道，異端百出。他心目中的理想大學文科教育，自然是每個人都熟讀「聖賢書」。有了深厚的人文根柢，對時髦的「思想」與玩藝如搖滾樂，就有免疫能力。

但我們旁觀者清，知道布魯姆教授打的是一場註定要失敗的仗。

小孩子對搖滾樂還會迷戀下去。迷戀得振振有詞。君不見，他們的偶像 Michael Jackson 義演籌款，雷根總統接見，勉勵有加。這種「英雄」的光彩，通過電視螢幕，散發全國。

大衆傳播如電影電視對社會風氣之影響，早有定案。但比起搖滾樂來，這種影響還是有限度的。電視機價格不高，一般家庭買得起，只是此物一來是家庭「公器」，二來孩子看得下去的節目，總有時間限制。

眞正能夠不分晝夜占據孩子心靈的是放在襯衣口袋的搖滾樂。

Walkman 這類盒子，是人類有史以來最舒服、最痛快、最徹底的洗腦工具。教堂的福音、父母的訓誨、學校的規矩，只要兩隻耳朵一塞著搖滾，什麼都洗得一乾二淨。

在搖滾文化長大的孩子，要交朋友，只認「滾友」。除這些志同道合的「知己」外，他們相信全世界沒幾個人眞正了解他們。

像布魯姆這類的有心人，除了興嘆外，還能做什麼？熟識美國「國情」的人都清楚，大勢已去，回天乏術。像電影電視上的色情暴力問題，早有人批評指責，但業者我行我素。在言論自由受到憲法保護的原則下，政府要干預，得準備打一百年的官司。

對電視問題節目最有效的制裁力量來自觀衆和廣告商。電視的收視率低，就拉不到廣告。偏偏是色情與暴力的節目收視率奇高。拉不到廣告的是教育電臺。

怎麼辦？在民主得放任的社會中，只有寄望於藝人的自律。這一點布魯姆沒有說出來。就我所知，這情形雖不普遍，確有例子。歌星名成利就之餘，也做了不少好事。不管動機是出於善心或爲了宣傳，好事總歸是好事。布魯姆如把這些事實列舉出來，就不會予人以偏概全的感覺了。

英雄形象時移勢易的現象，是世界性的。五十年代後期，戴高樂總統把法國最高榮譽勳章頒給「性感小貓」碧姬芭鐸。布魯姆起初不解，後來想通了。原來她的電影和 Peugeot 汽車公司的產品，是法國最暢銷的「出口貨」。

由此可見，布魯姆是美國商業文明的唐·吉訶德。這位古道熱腸的「武士」，鬪的只是風車，成不了事，但精神是可貴的。

同樣，《閉塞的心靈》提出的觀點，我們卽使不然其說，對我們自己的「反思」，一定有很大的作用。像搖滾樂這些「靡靡之音」，在柯梅尼影子下生活的伊朗人，是絕對聽不到的。站在維護「傳統文化」的立場看，「閉塞」也有閉塞的好處。

問題是，國家門戶一開放，搖滾之聲就動地來，要擋也擋不住了。中國大陸的社會不開放，容納不了像崔健這類「思考型」的搖滾樂家（見白杰明作〈搖滾翻身了？〉，《九十年代》，一九八八年十一月號）。

問問天　問問地　還有多少里
求求風　求求雨　快離我遠去
山也多　水也多　分不清東西
人也多　嘴也多　講不清道理
怎樣說　怎樣做　才真正是自己
怎樣歌　怎樣唱　這心中才得意

這一類的歌詞，這一類的心態，跟性、恨和泛愛毫無關係。到那天中國的民主自由流變到放任放縱的地步，不消說，崔健也落後了。

如此說來，布魯姆心目中的「道德淪亡」，正是民主自由社會必付的代價。

橫渡神州鐵公鷄

美國半通俗作家保羅•索洛(Paul Theroux)結集的長短篇小說，一共有十七本；遊記式的文章，也有七部；另外還有文學批評和劇本各一。可是就我所知，他的作品，除了七、八年前我在《明報月刊》和《聯合報》譯介過幾個短篇外，坊間再無其他的翻譯。自一九七二年我改行教中國文學以來，新出版的中文書籍已窮於應付，再無暇兼顧西方文學的新作了。

我獨挑了索洛的小說來看，只因他說得上是半個舊識。一九七一年我應聘到新加坡大學英文系任教，索洛是我的同事。可惜我漏夜趕上科場，他已辭官準備歸故里了。

不過，話說回來，儘管我跟索洛有這種粗淺的「同仁」關係，他的著作若不涉及吾土吾民，我大概也不會買來看的。第一次看的是他薄薄六十四頁的遊記《橫渡中國》(*Sailing Through China*)。書出版於一九八三年，但他與旅行團包下東方紅三十九號，由重慶啓程，沿長江橫渡神州大陸至上海，是一九八〇年的事。

索洛跟他三十三位團友每人付了美金一萬元作此行費用，船上的食水用水，全部用蒸餾。他得到的是那一種中國印象？在長江兩岸，他看到赤膊拉縴的舟子、該種花木而不種花木的梯田、哈着腰到岸邊挑水澆菜的農夫。一言蔽之，貧窮落後、髒亂、汚染、無知。

這樣一個地方，他還要再回去。是「舊情難忘」？還是純粹出於職業的需要？如果不是看了他去年的《橫渡神州鐵公鷄》（*Riding the Iron Rooster: By Train Through China*），我可能一廂情願的以爲是前者。

所謂「鐵公鷄」，就是一般稍爲「開發」了的國家早應棄用多年的舊式火車頭。索洛大概想到一九八〇年的長江遊，連日常用水都是蒸餾，無機會接觸到中國的細菌，所以三年前騰出了整整一年的時間，乘鐵公鷄深入民間。要不是他年紀尚輕（生於一九四一年），恐怕體力也吃不消。單是從北京至烏魯木齊一程，已走了四天四夜。因爲他討厭遊客駐足的大城市，專挑汚害較少的地方如內蒙古、青海、西藏等「邊疆地帶」勾留，單就他已習慣了的物質生活而言，沿途所經驗到的種種不便，可想而知。

不過，索洛既然選擇了以職業作家爲生，得經常有作品問世，到中國「下放」一年，寫出長達四九四頁的《鐵公鷄》，吃點苦頭也是值得的。因此，以我犬儒的看法是，他重臨舊地，非因最難忘情是山水、或故人，而是工作上的需要；只需身邊帶着幾本厚厚的記事簿，把一年來的所聞、所見、所思記下來，回家後就有寫不盡的材料，不必再受爲一詞之立，整日踟躕的折磨。

索洛雖非漢學生，但旣爲職業作家，總得在字裏行間讓讀者知道，他不是一個背着相機、嚼着口香糖，對所遊地方的歷史文化一竅不通的遊客。爲此他看了不少有關古今中國的參考書。而且，以內容判斷，他自《橫渡中國》後，一定「惡補」過中文。這次「鐵公鷄」之行，他雖以獨行俠姿態出現，但因他身分特殊，每到一「重點地區」參觀訪問，當地領導同志總把他作貴賓看待，少不了派一個翻譯人員照顧他。

這些翻譯同志常常熱心過頭，對他亦步亦趨，使他受不了，一覷準機會，就把「看護」甩了，自己一個人到外邊溜達。沒有翻譯在旁，他跟店員或路人交談，大概只能說中文。就憑這資格，加上他結結實實的在中國泡了一年，加上他訓練有素的小說家觀察力，已使《鐵公鷄》一書異於尋常的中國遊記。

果然，他涉及的範圍極廣，包括自由市場的經營、八〇年代中普通市民的「三大」願望（冰箱、彩視、錄影機）、節育政策的虛與實、「異端分子」的活動（如方勵之）、外商的挫折感。當然，還有爲世人所詬病的衞生設備和國人隨地吐痰、當衆挖鼻孔的惡習。

中國大陸現狀百孔千瘡和我們民族性的「醜陋」面，固自知之矣。論說話之不留餘地，區區索洛，怎搆得上孫隆基和柏楊？但不知爲何緣故（其實我也知是何緣故），看完《鐵公鷄》，心裏不舒服了好一段日子。孫、柏二氏言論偏激，明眼人一看就知道是矯枉過正的通病。按理說，如果受得了《深層結構》和《醜陋的中國人》式的「自我批判」，沒有理由受不了索洛對大陸現況的冷言冷語的。

我們不妨先舉個例子。有一天索洛在王府井街逛外語書店，跟裏面一位也在看書的老先生搭訕起來。老先生是音樂家，剛送兒子到巴黎留學。兩人談得入港，索洛問他肚子餓了沒有。老先生點頭，但隨後補充說自己消化不良。

他們還是上了館子。老先生面不改容的要了一桌子的菜，但每道菜都淺嚐卽止。賬單合計人民幣三十三元。老先生付了。隨後索洛以外滙券如數還他。

看樣子，索洛似乎並不介意請客，而他所記的這小小的生活片段，也沒有什麼值得大驚小怪的。可是令我覺得有點不舒服的，是這句話：「我現在明白了，他要了這麼多的菜，目的就是想以他的人民幣換我的外滙券！」

老先生身在北京，沒盡地主之誼，已不足取。賬單三十三元，大家平均攤付，也不欠人家的情。毫無疑問，「理」是站在索洛方面的，但他既然了解中國大陸的「國情」，何必在這種地方有「理」不讓人？把對方的年紀（七十五歲）、姓名 Zhang Mei 如數抖出來？

事實上這位老先生沒有犯什麼錯，頂多「失禮」而已。可是索洛的讀者看完了一連串類似的經驗後，不難會感嘆的說：「請中國人吃一頓飯，原來也不簡單啊！」

因爲憑我們對大陸情況的了解而言，索洛所報導的，一點也不誇張、也不虛假，我上面提到看此書時，心情難受，就是此理。如果孫隆基或柏楊告訴我們同樣的事實，說不定我們冷笑對之曰：「這有什麼値得大驚小怪？眞正機關算盡的事，你還沒見過呢！」

是不是「家醜」只合「內傳」？這也許是我們「醜陋」的一面吧。總而言之，如果吾土吾民確曾代表過上國衣冠的文物與情懷，今天反常如斯，夫復何言？

近五百頁的書，內容要好好的抽樣介紹，恐怕二三萬字還不夠用。這樣吧，列爲國寶的娃娃魚，半年前因得臺灣豪客垂靑，聲名大噪，我們就看看此物在大陸的身價吧。

索洛對一般中國的風景區都不欣賞，對甲桂林山水的陽朔卻不能不另眼相看。話說他抵達後不久，就遇上了負責招待他的江某。江某才二十二歲，是文革後長大的一代。大概與外賓厮混慣了，學得油腔滑調，他跟索某說的第一句話竟然是：「在中國，我們有一個說法：除了飛機之外，樣樣都吃。」

索洛爲了存眞，特意把他的話用拼音記下來：Chule feiji zhi wai, yangyang duo

chi。

索洛在亞洲躭過，一聽到「樣樣都吃」，當然想到英美人士心愛的貓狗。

江某心裏大概罵他土包，吃貓吃狗算什麼玩意嘛？他說的「什麼都吃」，是禁臠級的「野味」。

閒話休提，且說索洛留在陽朔期間的一天晚上，江某帶了一個猴子模樣的司機，到他旅館去接他吃晚飯。

車子跑了不到五十碼，就停下來。

「出了什麼毛病了？」索洛問。

江某模倣胖子才會發出的笑聲，「嗨，嗨，嗨」連聲不絕，然後不大耐煩地說：「我們到了！」

「既然這麼近，何必坐車呢？」

「你是貴賓嘛，怎可以叫你走路？」

他們上的飯館叫桃花。

上了飯館後，江某就指着一張枱子對索洛說：「這是爲你特設的枱子。我們不奉陪了。司機和我到隔壁去吃。請坐，別管我們，好好的享受一下吧！」

索洛一直覺得這年輕人有點滑頭，因此覺得「不奉陪了」這種話不過是一種暗示而已。他邀他們跟他一起吃。江某忙道：「不，不，隔壁有專爲我們工人階級而設的位子，簡陋是簡陋一些，不過還舒服就是。」

這話用意在增強對方的犯罪感。索洛明知這是「機關」，他也自願落網。果然，索洛第二次邀請的話一出口，江某就拉椅子坐下來，還吩咐猴子司機學樣。

他們吃了什麼野味？蛇羹、鴿子、鶴肉、麂。壓軸菜是娃娃魚。

「這道菜是違禁品」，江某壓低嗓子說：「很難得，風味絕佳！」

索洛吃着，也讚不絕口，雖然一直因覺得自己是「同犯」而內疚，自覺跟印度人偷吃了漢堡牛肉包感覺差不多。

猴子司機的吃相，索洛着力描寫一番。我不想翻譯出來了，自己看了也爲同胞臉紅。簡單的說一句：這位司機同志吃飯賓主不分，形如饑民搶食。索洛形容他落箸之頻之狠，猶如老鷹施爪。

飯後江某嗨，嗨，嗨了一番，就送上賬單：二百大元。照索洛的估計，這大概相當於這年輕人四個月的工資，外賓由桂林飛北京的機票、兩輛甲級腳踏車、或上海小公寓兩年的租金……

索洛付了錢給江某後，觀察他的反應。江某沒有反應。索洛要的只是一種普通社交的反應，但江某連「假情假義」的說一聲謝謝也沒有。因此他的結論是：中國人受人家招待，沒有言謝的習慣。

這種結論，我想曾爲中國國民「劣根性」把脈多年的孫隆基和柏楊，也會認爲有點過分吧？

《鐵公鷄》第一頁有這麼一句奇怪的話：「中國人有這麼一句諺語：『外國人都是寃大頭，容易上當。』我倒想以身一試眞僞。」

這句「諺語」的原文是 We can always fool a foreigner。恕我學淺，不知索洛引自何經何典。我們「君子可以欺其方」的說法是有的，未知索洛是否誤讀原文。

現在再回頭看看「娃娃魚宴」怎麼結尾。索洛眼見江某拿了二百元飯錢後，毫無反應，心有不甘，乃再試探性的問道：

「司機先生對這頓飯極爲欣賞吧？·Is the driver impressed with this meal?」我附了英文原文，因爲依吾國習慣，這句話翻譯不出來。我們請人家吃滿漢、吃佛跳牆，送客時還「慢待、慢待」連聲不絕。

合該索洛碰上大煞星！你道江某怎麼作答？

「才不呢，not at all。」他說：「這種菜他以前吃過不知多少次了！哈！哈！哈！」

索洛說這是他到中國後，難得聽到的一次出自內心的笑聲。這笑聲意味着什麼？前面說過了 We can always fool a foreigner。

究竟他認爲在那些地方做了寃大頭呢？索洛沒有說明。論價錢，拿臺灣香港食客的標準看，區區二百人民幣吃到禁臠，他眞是「人在福中不知福」了。也許他覺得，如果他不是「洋鬼子」，一半的價錢也不用付吧？

實情如何，不必深究。索洛應該明白，在大陸毫無法制可言的政權下，眞正的寃大頭是中國人。百年國事蜩螗，國人崇洋媚外，幾成天性。中國騙子要先下手的，慣例是自己的同胞。一國可以兩制，一頓飯出現兩種價錢就不稀奇了。索洛只要想通這一點，卽使在錢財上吃了點虧，包涵一下就是。

再說江某這種人，如果索洛筆下沒有誇張，那麼對他這個遊客僅是討厭一時而已，對國事稍微關心一點的讀者，江某這一代人的心態，確教人爲中國的前途擔心。一九八九年年五月初，在紐西蘭作客巧遇詩人楊煉，談到大陸新一代的價值觀，他引了一首順口溜作結論：「五〇年代人幫人，六〇年代人整人，七〇年代人騙人，八〇年代人殺人」。

那時屠城事件尙未發生。今天想來，才曉得這「溜」寫實得恐怖。隨後看了莫言的《天堂蒜苔之歌》，知道有一家人請客，酒快喝光了，只好加水充數。爲了讓客人喝出酒裏的「茅台味」，還每瓶加了點「敵敵畏」(DDT)。老百姓的心腸怎會變得這麼壞?正如書裏的大哥說：「這有什麼不好?這年頭哪有不騙人的?不騙人瞎隻眼！連國家的買賣都騙人，何況咱一個庄戶人。」

索洛在陽朔的桃花飯店嚐了當地名產桂花酒，能夠平安無事回到英國寫遊記，可見他的福不薄。

我說過，心懷故國的讀者看了此書，心裏不會舒服。原因是索洛語言雖失於尖酸刻薄，但所聞所見，確多是我們的瘡疤。一針見血的話，總是傷人的。在此意識講來，中共政權如有廣納善言的雅量(?)，《鐵公鷄》比左傾幼稚病的「中國通」尊爲紅朝護短的學術著作反而有參考價值。索洛是個半通俗的職業作家，不必靠什麼檔案文件也可以著書立說。既不用看大官嘴臉，就可以直言無諱。

從上面引過的話，「中國人受人家招待，沒有言謝的習慣，the Chinese make a practice of not reacting to any sort of hospitality」，我們就可以猜想得到索洛一生，沒有跟在大陸或海外的中國人建立過最基本的友誼關係，否則不會說出這種駭人聽聞的話來。因他在書中所描寫的與國人的人際關係，筆尖鮮帶情感。

我的意思並不是說，他若交上了一兩個華人朋友，就會處處跟咱們護短，善頌善禱起來。不是，完全不是。我想說的，是他若有知心的中國朋友，看事情就不會這麼以偏概全，自以爲是了。

這裏容我打一個岔。自己寄居美國前後二十五年，居處是大學城，平日交遊的白人，可以指天發誓的說，多屬善類。但若因公因私離開這個安樂窩，難免碰到「醜陋的美國人」。這個時候，氣上心頭，對美國和美國人的看法自然情緒化。可幸就我個人經驗而言，此生中認識的「白美」中，好人確比壞人多。其中兩三位，更肝膽相照，渾忘華夷之別。因此一面對「醜陋的美國人」時，我就對自己說：「這狗養的既不是你的同事，更不是你的朋友。事一辦好後，就相忘於江湖，何必與他一般見識。」

十多二十年前，這些「狗養的」集散地，不是移民局、就是海關。今天不必跟這些夜郎打交道，美國人也變得可愛些。

索洛大概孤芳自賞慣了。中國人再醜陋。總有一些值得他看得起的吧？若他像我一樣幸運，交上二三知己，舉杯思故人時，甜在心裏，看事情就不會見樹不見林。說不定他會因此教訓江某說：「你這小子怎麼搞的？我認識的中國朋友，就處處跟你不一樣！你該反思呵！」

不過，話說回來，索洛之筆愛冷嘲熱諷，不自《鐵公鷄》始。他是麻省人，受不了美國的熱狗文化，因此討的是英國小姐，定居英國郊區。照理說，應愛屋及烏吧？喔，不，你只要翻翻 The London Embassy 集內的作品，就會知道他損英國人，也一樣不遺餘力。

美國人呢？那還用說，在他眼中一律是俗不可耐，笨得可以，尤以富貴人家爲甚。他在《橫渡中國》中把自己的同胞狠狠的修理了一番。跟他結伴同遊拒飲長江水的美國老粗，每把泰國誤作臺灣，富士山變了西太平洋的斐濟島。其中一位飽覽長江天險之際，對他喟然嘆道：「呀，在這些地方蓋些公寓出售，保你麥克麥克！」

他既然中英美「三大民族」一視同仁，想罵他是個種族主義的「沙豬」，也無由啓齒。

《鐵公鷄》以拉薩行結束，最後一段頗有禪機：「幾天後我離開西藏時，我舉目凝視山頭，合掌自譜一粗淺的禱文曰：請讓我再回來吧！」

他是要回去的。像天葬這種題目，寫遊記的，豈容放過？

擇善固執

超級經濟大國日本人的氣焰如何？且聽知名政客愼太郎道來。

愼太郎和新力公司的盛田昭夫二人年初合撰了一本只打算作「內部參考消息」的書，*The Japan That Can Say No*。姑譯做「不必再做小媳婦的日本」吧。大概此書論點直言無諱，上市後在日本相當轟動。也因批評箭嘴直指美國，有心人乃不問版權，弄了個「盜版翻譯」專供華府政要參考。

如果《時代周刊》不訪問愼太郎（十一月二十日號），我也不知道日本人不甘做小媳婦這回事。他究竟說了什麼「離經叛道」的話讓美國朝野震驚呢？

「由白人所建立起來的現代文明已到了山窮水盡的境地了。」《時代周刊》引他的話說：「美國人聽了心裏一定不好受。……他們變得歇斯底里，爲什麼？因爲軍事科技極其重要的一部分已在一亞洲國家掌握中。」

他指的是半導體產品。俄國人要的，日本都可以大量供應，而且成品比美國貨優異可靠。他還說日本是唯一發展「超導電性」(superconductivity)實際用途的國家，十年後執世界牛耳，無別國可望其項背。

換句話說，如果美國不把日本的輿論民情認眞當做一回事，還處處抵制日貨進口，還繼續在日本人面前流露出種族的優越感，日本商人只消對俄國政府有求必應，那美國的軍事優勢，馬上改觀。

美國人最好乖乖的跟日本人合作。依愼太郎和盛田昭夫看來，美國產品在近二十年在海外給人價不廉、物不美的印象，完全受企業界現買現賣，急功近利的作風所致。不過，這看法已是老生常談了，不必再引述。

愼太郎認爲，以今天日本的財力、物力和在科技上的特殊成就，不必再在美國人面前奴顏婢膝。他堅信，日本人的成就，會帶人類邁進歷史新的一頁。雖然他承認單靠日本是不成的，還得需要其他國家的協助。接著他補充說，美國作爲世界盟主的地位，毋庸置疑。但美國必須承認：日本是美國最重要的合夥人。

《時代周刊》記者問他：「你書上提到，美國人只向日本人投原子彈，卻免了德國人此浩𠠎，因爲美國人對日本人存有種族偏見。」

愼太郎坦然承認，並說你不相信，問問住在美國的亞洲人、拉丁美洲族系、紅人或黑人好了。「白人建立了現代文明，是有理由驕傲的，可惜這種已成歷史的驕傲，卻發展到對非白種人的傲慢與偏見。今天非白種的日本人，不但迎頭趕上，而且實際上在科技取美國人而代之。美國人不服氣，這點我了解，但他們也到了非改變愚昧無知的態度的時候了。」

愼太郎的批評對象，倒非全限於美國人。他對日本的政壇，也沒有幾句好話，認爲官僚辦事，後知後覺。沒有幾個官員有洞燭機先、防微杜漸的氣魄。

《時代周刊》最後一個問題是「日本人是否與衆不同（unique）？」

愼太郎答道：「美國人與衆不同，我們日本人也一樣的與衆不同。至於我們是否比其他民族優秀，我想只能靠我們的成就去判斷了……」

愼太郎對美國人的估價，如果跟法洛斯（James Fallows）寫的《擇善固執》（*More Like Us: Making America Great Again*，一九八九年）參對著看，把雙方的見解衡量一番，我想對我們自己的「中國問題」，有莫大的裨益。

美國自一九五七年蘇聯成功發射人造衞星以來，以往「唯我獨尊」的自信心屢受打擊。軍事占不到優勢，政治籌碼的分量自然減輕。軍事外交的挫折已不好受，最可憐的是近二十年來連商品上 Made in U.S.A.（美國製造）在顧客心中已不再是優良品質的保證。

「亡羊補牢」，針對美國人性格、體制、教育、企業管理各式各樣「缺憾」的文獻，應運而生。今年春天我介紹過布魯姆的《美國人閉塞的心靈》，就是其中代表作。對美國工商界而言，最爆炸性的書，莫如傅高義一九七九年出版的《日本第一》。以法洛斯的全書論調看，More Like Us 可譯做「不但本色不改，而且還應變本加厲」。為什麼有此說法？因為法洛斯基本上不同意傅高義給美國人「西施效東顰」的處方。美國人異於日本人的，不單在種族膚色、語言和飲食習慣。最大的分歧是文化層次、價值系統和効忠對象。

如果說日本企業界的團隊精神是亞洲人家族主義和忠君思想的張本，這種精神在三菱、日產、本田這類跨國公司創造了奇蹟，「移植」到美國來，卻不一定行得通，因為美國根本沒有這種傳統。

如果美國人重視個人主義，家庭觀念薄弱是企業界發展的絆腳石，那麼家族和忠君思想本身就毫無缺點可言麼？美國人的「西部拓荒精神」，良性的一面得到發揮的話，就是創造性和活力的源流。

因為「日本第一」就要事事師承日本，不是不可以，但先決條件是把你自己文化的本質全部放棄，做個徹頭徹尾的日本人（如果辦得到的話）。

法洛斯覺得事實行不通，而且也無此必要。美國的傳統，固然有許多缺點，但優點一定不少，不然立國僅二百年，怎會有今天的成就？

More Like Us 因此可以順理成章譯為「擇善固執」。

法洛斯乃《大西洋月刊》（The Atlantic Monthly）編輯，因工作關係曾在亞洲居住多年，以留駐日本的時間最長。他是以「哀兵」的心情去觀察日本的社會面貌的。

一九八七年底，他應幾個日本友人之邀到東京一咖啡店聊天。其中一個大慈大悲的安慰他說：「依我看，美國國勢總有一天會恢復舊觀的。」

法洛斯說這位朋友的結論不是意外，因為他自己也相信美國會「否極泰來」。他覺得意外的是，這些在廢墟長大，當時是戰敗國的子民，現在若無其事的替「戰勝國」算起命來！

他離開咖啡店時，情緒已夠低落的了，誰料走近銀座時，平日少見的叫化子中，竟然有一個是美國人！

美元貶值後，美國人「鬧窮」成了日本人的笑話。相信最令法洛斯難堪的，是竹下登任首相前在校友會說的一個笑話。據云竹下登有此妙論：美元貶值後，美國佬最可憐了。沒有錢上酒吧找日本吧女，唯一的解決辦法是留在基地不動，「相濡以沫」，大家傳染愛滋病。

個人主義崇尚自動自發的精神。拿工作態度來說罷，美國人相信，放長眼光看，老百姓和工人覺得自己「委屈」越少的社會，越健康。因此任何機構的受薪主管，屬下若覺得此人尸位素餐，名不副實，若下情再不能上達，稍有才幹的人自然紛紛另謀高就。

換句話說，美國人的民族性不吃「大家長」這一套。

凡事講究自動自發，購東西更如是。法洛斯說像韓國和日本這種國家，可以利用民族主義抵制外國貨。日本政府受美國壓力，不得不開放農產品進口，但日本家庭主婦寧花高於美國米五六倍的價錢去買「本土米」，也不讓利益外流。爲什麼？她們要保護日本農民的生計。

法洛斯說這種情形不會在美國的消費社會發生的。愛國與用國貨不成比例。美國人相信你明知美國貨品質比進口貨低劣，你還是光顧的話，那是名副其實的「損人害己」。爲什麼？你一天咬着牙用「國貨」，廠商就一直依賴你這種「愛國」心理，永遠不求上進。品種一天不改良，一天打不進海外市場，結果是大家受害。

這四五年來美國三大汽車公司之決定「痛改前非」，急起直追，終於收復了不少失地，正是拜美國消費人「不愛國」所賜。

法洛斯坦承美國社會的種族歧視是一個恥辱，但從長遠的眼光看，美國近年對有色人種廣開門戶，是正面多、負面少的政策。以日本人的胸襟來說，扶桑的面積卽使大如美國、加拿大，他們也不見得歡迎移民歸化日本人。

說到人種歧視，法洛斯覺得，日本人在這方面的「成就」，比美國的白人更爲輝煌。法洛斯在東京時，有一次帶了兒子去洗「風呂」。他們不敢怠慢，先用肥皂擦身沖洗了半小時，才慢慢泡到大池去。誰料說時遲那時快，他們父子腳一沾水，所有在池內的日本「浴客」，都亡命抽身出來，好像把他們看作痲瘋病人似的。

法洛斯大概稍通日文，離「日本通」的資格卻遠。他在日本受到「歧視」不稀奇，像翻譯川端康成、幫助日本人拿了第一個諾貝爾文學獎的日本學者 Edward Seidensticker，也對日本人的種種偏見感到深惡痛絕，就事非尋常了。這位名學者遠在一九六二年用反諷語氣寫了〈日本人亦尋常人也〉(The Japanese are just like other people) 一文，接著馬上說：「呵，不，他們就跟你我不一樣。」數落了一些日本人的德性如排外、偏狹、愛劃小圈圈等，最後一句是：「因此我要回家了！」

一九八六年夏天，法洛斯在東京一酒吧看到他，問他既然在報紙上公開「棄絕」了日本，怎麼又回來了？

對方答道：「爲了吃飯！」言外之意，不帶什麼私人情感。

法洛斯認爲，美國人與日本人對「異族」的態度，最大的分野是：前者覺得你既然選擇留在美國，你終有一天會變成美國人的。膚色不可能改變，但你的才華與成就，應會像白人一樣得到肯定與承認。你的英文說得、寫得比白人好，他們也不會「見怪」。

日本人可不一樣。George Fields 在日本土生土長，在日本受教育，日文說得毫無口音，可是在日本人看來，他跟街上的美國大兵無異：外國人。一九八六年十一月十日，他在「華爾街日報」發表了個人感受，的確發人深省。

原來他那年到東京參加一個國際商業會議，用英文寫了論文宣讀，因爲大會規定了英文爲「官方」語言。大會有一位日本女翻譯員爲他即時傳譯。論文總有一些技術性的名詞的。翻譯員向他就教，他覺得既然要用日文翻譯出來，不如乾脆用日文跟她解釋算了。她聽說後，怪異的望著他說：Ah, Kimochi gawarui。

據 Fields 的了解是：Oh, it gives me the creeps! 相當的中文是：「哎呀！令我毛骨聳然！」這不是說他日文說得不好，而是好得難以令人置信！異族怎麼可以有這種「天才」？

法洛斯的日本經驗，使他想到解決美國白人歧視有色人種的一個「偏方」：讓他們到日本作客一兩年！讓他們親身體驗受歧視是什麼滋味。

我利用課餘之暇給本書作短介，無法深入法洛斯提出的「重建」美國的遠景，因此希望他日有人以更大的篇幅作一個完整的報導。「擇善固執」，法洛斯給美國人的「教訓」，不外是：如果追求進步與財富的代價是犧牲個人的本性與美國立國的精神，那「老子不幹了」！

灣區華夏

近二三十年來，中國移民入籍美國的，其中不少是有作家身份的。因有「華美作家」或「美華作家」這種稱呼。其實，以出版媒介言之，所謂美華、華美作家，只不過是所持護照的差別而已。他們寫的，還是中文。能得心應手把中英兩種文字玩弄於股掌間的，鳳毛麟角。

高克毅（筆名喬志高）是個顯著的例外。我想他是「華美作家」中有資格把中英兩種文字認作母語的少數例外。母語與生俱來，雅俗兼收，既可吟詩、也可撒野。由於後天訓練的關係，夏志清和劉若愚等人的學院派英文可能寫得比高克毅到家，但若要他們文中腔調一轉，作引車賣漿之言，恐力有不逮。

高克毅是老ABC，生於密芝根州安那堡市。但這並不表示他就有當「華美作家」的資格。他的中文基礎，想是隨父母回北平唸大學時建立的。燕大畢業後，又返回美國在米蘇里和哥倫比亞兩大學唸研究院，以後即在新聞界和廣播界（美國之音）服務。

以高克毅的工作經驗看，他最常用的「職業語言」，應是英文無疑。但他中文小品文的功力，港臺讀者有目共睹，幽默雋永，淡然有緻。小品文不同敍述體文字，火候不深，不敢造次。

在中文大學出版社把他《灣區華夏》(*Cathay by the Bay*)一系列專欄文章結集出版前，坊間能買到的，大部分是他的譯作或「美語新詮」這類作品。中國已非華夏，今天舊金山的唐人街，亦非書中那位酒保所歌頌的「唐人埠，我嘅(的)唐人埠，燈火眞輝煌。男女安居樂業，爲國爭光榮」的唐人街了。

《灣區華夏》是五十年代的作品，今天過目，令我這個上了年紀的讀者，頓起逝者如斯的滄桑感。不說別的，當年受高克毅訪問過，身高五尺一、體重一百零三磅、胸圍三十二、腰圍二十三……那位風華正茂的水仙花皇后陳珍納，今天算來已是花甲開外的祖母了。

不說這些煞風景的話。

作者在灣區的接觸面頗廣。他記的人物，多屬地區性的，如月餅大王李超凡、旅遊業的李清華、三和粥舖老闆馮洛、金星廣播台唐才和西藥店東主及作曲家何南等(以上中文姓名和店名資料，採自美洲版《星島日報》。)但也有國人熟悉的知名人士，如斯義桂、蔣夢麟和創辦永安百貨公司的郭老先生。

郭老先生乃廣東中山農家子弟，十八歲時（一八九〇年）拿着父親張羅得來的港幣二百八十元作路費，飄洋過海到澳洲去，在雪梨一鄉親經營的菜園幹活，每天工作十八九小時。天色未明，他已起來挨家抵戶的去賣菜。能操的英語，大概不外：Mrs., cabbage?（太太，菜？）

除了聰明勤奮爲當地人士稱道外，郭先生還有一大優點，不啻是他日後經商的一筆大資產──爲人誠實可靠。一次他從銀行提款五百鎊銅板，職員給他一個封了口的帆布袋帶返。回家點過數目後，他發現多出五百鎊，乃如數退還。林肯少時也幹過這種事，日後上了傳記。《海灣華夏》因此可作掌故看。

喬志高小品文以靈巧見稱，因想到他對世間小小幽默事情都不會放過。果然不錯。記蔣夢麟重訪加大柏克萊校區一文就有這麼令人忍俊不禁的一句──In God we trust, all others pay cash! 我們相信上帝，其餘閒雜人等一概現金交易！

這個拒人千里的牌子在那裏出現？加大哲學大樓地牢學生辦的合作社。

還有一則諒你也會捧腹的逸聞。十九世紀中葉，華人賣豬仔到美國作開荒牛的血淚史，想大家也有所聞。那時尚未有傳眞機或直撥電話，有關錢銀交易或「相片新娘」這類急死人的事，怎麼聯絡呢？打電報。電報措詞，先取詞簡意賅。可憐我們的豬仔同胞，所能駕馭的英文字彙，大概勝不過十八九歲時的永安郭老多少。但他們非拍電報不可。下面一則想是「娘子來了」的喜訊——Your woman she go Colusa. You want her go there.

英文是洋涇浜了點，但受電的人只須知道「你的女人已去 Colusa。是你要她到那兒的」，就應該喜出望外了。

這種電文，已屬清通可喜的了。高克毅引的例子中，有一條連我這個既識唐話又通番話的人也摸不着頭腦——I no saby you, no can pay man; you send money I pay.

這眞是天書！會不會是：「我現在告訴你，不能付人家錢。你寄錢來，我就付」？瞎猜一番，不如放棄。

兩條電報都是一八七四年三月發出的。據高克毅說，一百年前有名 Albert Dressler 君者（顯然是 Western Union 電報局的退休職員），把這類「不倫不類」的妙文偷偷收集起來，印成册子作紀念。幸好是百年舊事。在今天這是個對簿公庭的案子。

對清史有興趣的讀者，千萬別放過 In Old Cathay 這一章。話說舊金山唐人街電話公司有作者認識的職員譚太太，一天接見一位來自外地的女士，接下了一個包裹。這女士說包裹裏的東西，是她姨母（或姑母）的遺物，對她本人毫無用處，對中國人可能是無價寶，因此她決定轉贈。

高克毅和譚太太花了幾個晚上檢視這包裹內的遺物，發覺大大小小竟有一百五十件之多，計有照片、日記、信件、剪報、名片和菜單等紀念品。

物主是金寶（Maurine Campbell）小姐，美國艾奧華州人士。從包裹內的資料看，金小姐曾於一九〇二年至〇五年間在中國作過客。看來這位金小姐非等閒人物。這可從她的日記看出來，單在一九〇三年一月，她就收過「老佛爺」慈禧太后兩次的餽贈。

她在清宮的活動，不擬在此短文細表。我們耳聞滿漢全席久矣，對金小姐在宮內吃了些什麼東西也因此感到興趣。她究竟有沒有吃過全席，無由得知，但最少她告訴了我們一九〇二年十月二十日午餐的菜單。她認爲是「主菜」的已有十二道，包括燕窩、魚翅、烤鴨、醬羊肉、燻鯉魚、油鷄、炸蝦餅和火腿等。此外還有多種小菜和水果。飲料有紅酒、香檳和汽水。

同年十月三日的早餐，也要食量驚人的才消受得了，大大小小計有十九道！不能盡錄，只知有燕窩湯、肉餅、水餃、烤鴨、火腿、炸蝦球等水陸俱備的珍饈美食。

老佛爺御廚處處替貴賓着想，怕他們吃膩了中華料理，一九〇四年四月二十二日晚飯改吃西餐。西菜花樣不好翻譯，只簡單告訴你他們吃了些什麼吧？——甲魚湯、鴿子、牛肉、蝦、羊腿、火腿、火鷄和一道烤「野味」（game、山鷄野豬之類吧）。飯後有冰淋淇、水果和咖啡。

金寶小姐遊中國時，「拳匪」之亂剛平，舉國滿目瘡痍，可是看她的零星日記，禁宮內王孫妃嬪過的依舊是糜爛的生活，一點沒有「可憐歌舞地」的氣味。一九〇二年十月二十一日那頓午飯，金小姐除了菜單外，還化了相當的篇幅記錄了當天皇室接見各「外賓」的情形。但見衣香鬢影、寶氣珠光。飯後各妃子宮人列隊送客，金小姐就近打量了她們的錦衣繡服，暗暗叫好。

她在當天的日記還說了些什麼?她看到宮內各侯門淑女在吃飯時也學着用刀叉，感慨說道：「連在這些小節上她們也做效我們的習慣，教我印象難忘。」金小姐當時的心情，大概跟我們第一次看到「洋鬼子」朋友用牙筷夾茶葉蛋一樣的感動。她有所不知。這是清室實施「中學爲體，西學爲用」政策的初級階段。用中文來介紹高克毅的英文著作，亦有如用筷子去吃胡桃冰淇淋。胡桃是「夾」着了，冰淇淋卻溜了嘴。雖然可惜，但讓讀者知道《灣區華夏》的作者是個名符其實的華美作家，既是老中，也是老美，也不枉一場心血。

〈附錄〉

洋涇浜電報餘緒

拙文介紹高克毅《灣區華夏》，提到兩封洋涇浜電報，想不到引起師友和讀者這麼大的興趣。先是「老上海」宋淇先生來電「解碼」，乃徵得同意成〈洋涇浜電報揭曉〉一文。見報後不久，高先生親自解謎的信到了，旁徵博引，令人佩服。既然得舊事重提，只好把關鍵句重錄一次：I no saby, no can pay man; you send money I pay.

我當時瞎猜，試解作「我現在告訴你，不能付人家錢。你寄錢來，我就付。」宋淇指出 saby 是「認識」的洋涇浜，而 pay 不作付款解，或許是「放行」的「衍文」。這點我在「揭曉」一文交代過，不贅。

高克毅對 saby 的解法，大致相同。saby 者。savvy 之「諧音」也，又與西班牙語 sabe 搭上洋涇浜關係，因此血統越搞越複雜。依高克毅的推斷，此電報如用「正統」英文出之，應爲：

I don't understand you. I cannot pay the man, but if you send money I,ll pay. 亦即：「我不明白你的意思。我不能付那人錢，但如你滙款來，即照辦。」

克老的解法跟宋淇有多少出入，但我覺得不應「小題大作」下去了，本擬從此作罷。誰料前天（四月四日）拜讀孔百通先生「錢眼看世界」專欄，又添一件公案。

原來孔先生不認爲 saby 和 pay 是「外文」，而是台山話的「音譯」。據此 saby 是「睬畀」（即睬給）。pay 亦是「畀」（給）。

據他所說，「此乃兩個小豬仔頭的交易電報，甲向乙要豬仔，卻不先付豬仔費。」

孔百通的譯文因作：「我唔（不）睬畀你，唔得畀你。你寄錢來，我就畀。」

是耶非耶？眞是天曉得。

不過，saby 果是「睬畀」的音譯，而 pay 亦是「畀」的話，那就有點前後不一致了。統一的寫法應是：I no sapay you, no can pay man 或 I no saby you, no can by man.

從事翻譯的人，最怕碰到的就是以上這種「出人意表」的文字。葛浩文（Howard Goldblatt）的中文雖然相當了得，也常在這種幽微地方碰釘子。記得他譯黃春明小說，把「炒魷魚」一本正經的譯成 fried squids.

如果黃春明不用廣東話，就說「捲舖蓋」吧！想不會出現此滑鐵盧。

洋涇浜電報公案，到此告一段落，下不爲例了。

傳記文字・私隱工業

傳記文字，不論是自傳也好，身後別人寫的也好，在古風猶存的日子裏，只要文字通順、態度誠懇，總有引人入勝的地方。西方人對「忠厚」的解釋，跟我們不大一樣。一來他們不相信世間有完人，二來立傳者操史筆，若一本隱惡揚善宗旨，那就是虧欠讀者，強姦歷史。我國傳記文學不發達，可能是「爲賢者諱」的包袱太重之故。

印度之甘地，世稱「聖雄」，然據 Mark Juergensmeyer 在《聖人甘地》(Saint Gandhi) 一文所引資料說，甘地爲人妄自尊大，懂得操縱西方人的心理，投他們之所好。不但如此，他是否能夠成功地遵守過禁慾的清規也不無疑問。

但小疵不掩大瑜，最少依照西方傳統對聖人的要求來講，他符合了以下兩種條件：一是身具超凡力量，二是能把這種力量傳遞給別人。

甘地從英國人手中解放了自己的同胞，單憑這一點，已值得萬流景仰。爲甘地立傳的人，只須實事求是，不畫蛇添足，自可取信於人。我們讀偉人傳記，總可在字裏行間找到一些可以師法的地方。說開卷有益不爲過。

但這類爲歷史留痕跡、爲後世垂典範，正心誠意寫成的傳記，今天已鳳毛麟角。代之而起的是知名人士自己執筆或請人捉刀的回憶錄。名人與偉人風馬牛不相及。大致說來，誰的名字經常在傳媒出現三四年，建立了家傳戶曉的知名度，就有資格出回憶錄。這種「資格」，不指立功立言立德的榜樣，而是市場價值。

既然出版社用稿的標準決定於市場價值，作者本身名不見經傳也不妨事，一樣可以寫回憶錄，只要回憶的對象不是你自己而是或公或私跟你有過極其密切關係的知名人物。你是甘地的秘書？成。神秘女郎電影明星嘉寶的情夫？求之不得。

美國有的是市場，各行各業有的是知名人物，更多的是常常希望撈一票的出版社。可想而知，鼓勵阿貓阿狗出不三不四「回憶錄」，以致氾濫成災的地方也是美國。

總統秘書寫回憶錄，如果不爲聳人聽聞而揑造人家私隱，日後可作野史參考。但美國官場政治的人際關係通常與世情背道而馳：共安樂易、共憂患難。尼克森因水門事件成了落水狗後，曾是他手下的一官半職，紛紛爲文勇於責人而疏於責己。

這種所謂「扒糞」的回憶錄有沒有價值？或可作「醒世恒言」類的反面教材看吧。姑勿論尼氏集團內的牛鬼蛇神誰是誰非，權力之敗壞人心，看了他們的證言後，當可記取教訓。

白宮裏的人事糾紛，端的是每天上演的連續劇。雷根總統前任幕僚長里根與第一夫人交惡，傳聞已久，但壓軸戲正式登場，還是里根「回憶錄」上市的時候。雷根以九五之尊，每天要接見那些人或避免做那些事，還得賴方士夜觀星象來決定，難怪舉國嘩然。

南西吃了癟，會不會報一箭之仇？她說正着手寫回憶錄，你等着瞧好了。

美國傳記或自傳的文字，古風蕩然，不忍卒覩。雷根和南西，總算是有身分的人，文字儘管潑辣，凡事總會適可而止，有個限度。但等而下之的例子就難說了。

搖滾貓王物故多年，但美國老中青三代對他的癡迷，只可用「音容宛在」作比擬。前年不知那個路邊社傳來的消息，說貓王雖不再叫春，但人還健在。這還得了。於是有當年面貌娟好的女子，拿出舊時與貓王合拍過的艷照，圖文並茂的出「回憶錄」，道出薄倖郎的一段情來。

人死無對證。活着的大可誓言旦旦。令人心寒的是，兩情若是長久，怎會爲了一筆版稅或稿費把枕邊細語公開出來？

貓王不是政客，挖他的私隱因此不算「扒糞」。說實在的，無論那一個社會，對娛樂界私生活感興趣的讀者往往比對其他行業的多。這大概是窺秘心理作祟吧。那種「秘」最引人入勝？既名之曰「秘」，總是不好見光的，如酗酒、吸毒或桃色事件。一九八八年八月十四日《紐約時報》書評介紹了「性格巨星」道格拉斯（Kirk Douglas）自傳《拾荒人的兒子》（*The Ragman's Son*），稱讚這白手興家的微寒子弟對自己的性格和缺點，坦率得可愛，一點也不隱瞞。

坦率到什麼程度？有一次道格拉斯跟「艷星」Joan Crawford 做愛，好事方酣時她喃喃的說：「你眞乾淨！你拍 Champion 時把腋窩毛剃得乾乾淨淨，眞好！」

這就是對明星私生活感興趣的讀者要窺的秘了。明星的傳記，上乘者除了「花邊新聞」外，有時還有勵志作用。《拾荒人的兒子》應屬這一類。道格拉斯本名 Issur Danielovitch，是在紐約州一小鎭出生的猶太人，父親拾荒維生，家庭環境之壞可想而知。他自小立志當演員，辛辛苦苦的打散工剩下了一百六十三元後，就搭「便車」到紐約聖勞倫斯大學求見院長，說服了校方，拿到了助學金完成四年大學的課程。

名人軼事總有一定的好奇讀者，不然出版商不會一本接一本的出下去。比起「二十世紀最偉大情史」主角溫莎公爵夫婦來，道格拉斯這位明星也黯然無光了。他艷史再多，想也不會有「舊事重提」的市場價值。溫莎公爵夫人的傳奇硬是不同。只要掌握到一些尚未公開的資料和圖片，作傳的人又可繼往開來。現在又有 Charles Higham 寫的《溫莎公爵夫人秘史》(*The Duchess of Windsor: The Secret Life*)出爐面世。

各家評語中，有稱之爲「其味無窮」(delicious)者，有推許立傳人敢作敢爲，敢把公爵夫人全部「秘史」公開，讓讀者知道她是個「只求目的，不擇手段」的女人。

中國人寫的傳記文字揚善隱惡，是一極端。時下歐美類型產品，爲了銷路，專向死者的私隱鈎沉，也是一個極端。

近讀于嘉先生〈張玉鳳：毛澤東晚年的「知己」〉一文(《潮流》，一九八九年元月號)，看到這麼驚心動魄的一段：「自一九七三年以來，毛澤東除了在接見外賓時，與『大臣』握手，偶爾會傳周、鄧去談話之外，完全脫離了羣衆；到了一九七五、七六年，他只依靠汪東興、毛遠新還有張玉鳳去傳話了，『大臣』無法再接近他了。周恩來要獲知毛的消息，還得靠汪東興、張耀祠、張玉鳳這條『內宮』線。」

「張玉鳳掌管毛澤東的『批示』、手稿、機要談話紀錄，還代毛圈批文件；她又是日夜陪伴『皇上』的，連江青都怕她三分。」

如所傳屬實，那這一段「宮闈政治」也實在太恐怖了。毛澤東晚年尚有沒有餘力跟這個「保健護士」製造私生子不關我們的事，但初中還沒有畢業的張玉鳳，居然當起毛的「機要秘書」來，替他「圈批文件」，情形比歷朝的「外戚干政」還要嚴重。外戚干政，只要昏君不要昏得不省人事，還有考慮的餘地。而由張玉鳳攙扶著出來會客的毛主席，張著閉不攏的嘴巴，可見屍居餘氣經年。經由保健護士「批示」的文件，說不定他老人家還沒有看過。中蘇關係因珍寶島事件一度劍拔弩張，要是張玉鳳要「批」的是這一類的文件，她一鬧情緒的話，我們說不定已萬刼不復了。

中共那時才敢面對現實正式批毛？除非有關毛的檔案能夠公開，市面不會出現可信的《毛澤東評傳》。我們感興趣的，不是他的軼事或艷史，而是他誤國的經過。

洗澡・割尾巴

楊絳先生新書名《洗澡》，別開生面。而她對三反期間一些接受「改造」的知識分子嘴臉之描畫，在這小說裏也相當令人大開眼界。

洗澡說得厚道，眞意是洗腦。因此在中共所說的大時代中，「每個人都得洗澡，叫做『人人過關』。……職位高的，校長院長之類，洗『大盆』，職位低的洗『小盤』，不大不小的洗『中盆』。全體大會是最大的『大盆』。」

說得肉麻一點的，洗澡要「脫褲子，割尾巴」才夠徹底。

這種打了括號的文字不是楊絳的，她套用而已。她在「前言」說怕知識分子耳朵嬌嫩，聽不慣「脫褲子」的說法，因而改稱「洗澡」。

有關大陸知識分子比洗澡還要徹底的經驗，楊絳以前寫過《幹校六記》，只是時代背景不同，而人物的出處也不一樣。《幹校》記的是文革經驗，筆墨也是自傳體的，而在「大盆」中沐浴的衆生，不是作者夫婦和家人，就是他們的同事。

也許在大陸政權生活了幾十年，什麼荒謬絕倫的事都看過了，自己體驗過了，楊絳說起愁滋味來，總帶着佛家參透禪機的隱斂。在文革人整人的瘋狂日子中，楊絳的女婿爲了不肯嫁禍無辜而自殺，他岳母也是輕描淡寫，一筆帶過。

詩的晦澀多出於典故隱喩，怕一說便成俗。楊絳寫的不是詩，但有時我覺得她鋒芒不露，若隱若現的文字，只爲識者傳。「幹校六記」的語言不難，但有關幹校這種「制度」的因由種切，本身就是隱喩典故。要想賞識楊絳在文字上的特別造詣，非先摸清其中的草蛇灰線不可。

《洗澡》的內容，依封底的出版介紹說：「這部小說在反映中國知識分子於新政權建立初期的心態和遭際。作者依據熟悉的事實，「掇拾了慣見的嘴臉、皮毛、爪牙、鬚髮、以至『尾巴』，塑造出一批老年和中青年知識分子的生動形象。……主人公們雖經釅釅碱水洗滌各得其所，汚穢和尾巴是否如此輕易去除卻不得而知。小說落腳於第一次知識分子思想改造運動的過程，有深意在。」

故事圍繞着北平「解放」後一個新成立的文學研究社發展。成員有政治不分左右、思想不問新舊、只講功利的機會主義分子，如余楠。也有誠心「回國投奔光明」的書獃子許彥成。此中人物，不必一一介紹，總之政治風浪一起，這些人的出身都有問題，都要脫褲子、割尾巴就是。

錢鍾書一代鴻儒，寫過《談藝錄》和《管錐篇》這些重頭文章，但對一般讀者而言，最令人過目不忘的是他的小說《圍城》。而《圍城》最堪傳世的不是作者揚才露己的隱喻典故，而是寫人物性格那種語近尖酸的冷峭筆法。

《洗澡》的角色，說是學者專家也好，知識分子也好，名符其實，表裏一致的卻是鳳毛麟角。這是諷喻小說的好題材。《圍城》既是此中經典，應在現代中國小說中有相當的影響力，奈何錢氏的智慧才識，凡人不可望其背項。有他的學問不見得有他子虛烏有的才情。反之亦然。

就我所知，這幾十年來小說寫得近「鍾書體」也只有錢鍾書夫人這本《洗澡》了。開首兩章交代舊社會時代余楠的身世，無疑重溫方鴻漸往事，雖然後者比前者爲人憨厚得多。

余楠是有名的「鐵公雞」，使君有婦，卻明目張膽的去追胡小姐。「胡小姐如果談起某個館子有什麼可口的名菜，他總說：『叫宛英給你做個嚐嚐。』」

宛英是余夫人。

胡小姐有時高興，提到要看電影，余楠心生一計，既可省錢，又可討好對方。他怎麼應付？」只見他涎着臉說：「看戲不如看你。」

在諷喻的世界裏，「正面」人物不可多得。如果一定要打着燈籠去找，倒不妨說說姚謇這家人。姚謇是北平一家名牌大學的中文系教授。（楊絳特意用「名牌」二字，可不知有無反諷意味。）他因患有嚴重的心臟病，抗戰期間沒隨校去後方，辭了教職，辦了「北平國學專修社」，可惜還沒有等得及「解放」就病發死了。

也因此緣故，姚老先生在本書沒露面。出場的是中風癱瘓的姚太太和爲了醫療母親不惜傾家蕩產、放棄婚姻和出國機會的女兒姚宓。

姚宓家學淵源，爲人正派，在研究社的圖書館當小職員。她身分雖然卑微，卻在本書中扮演了穿針引線和對比的角色。

有一天，高幹階級的施妮娜到圖書館借書，大聲抱怨道：「規則規則！究竟是圖書館爲研究服務，還是研究爲圖書館服務呀？」

原來問題出在她要借一本世間尚無紀錄的書：巴爾札克的《紅與黑》。

姚宓跟許彥成交換了眼色，隨後問：「《紅與黑》有，不過作者不是巴爾札克，行不行？」

妮娜使勁說：「就是要巴爾札克！」

「鍾書派」筆法，由此可見一斑。

施妮娜位處「領導階層」。研究社分組後，外交組第一次開小組討論，小頭頭傅今因事不能來主持，托她「傳達幾點領導的指示」。

她吐着煙圈，感嘆的說：「一技之長嘛，都可以為民服務。可是，目的是為人民服務呀，不是為了發揮一技之長呵！比如說有人的計畫是研究馬臘梅的什麼『惡之花兒』。當然，馬臘梅是有國際影響的大作家。可是『惡之花兒』嘛，這種小說不免是腐朽了吧？……」

《洗澡》裏沒有大奸大惡的人。余楠的嘴臉，雖然討厭，只不過是個在學界混飯吃的讀書人。既在學界，與槍桿子無緣，做的壞事也有個限度。

楊絳從小就在學術界生活，對此中人情世故，當然看得通透。錢鍾書在《圍城》把不學無術的「學者」、「教授」嘴臉刻劃得維肖維妙。楊絳落墨比他淡些，但相信面對施妮娜這種淺薄無知、剛愎自用的女人，她實在受不了。她勾描「鐵公鷄」余楠德性，丑則丑矣，尚不到醜化。但施妮娜把波特萊爾《惡之華》(*Fleur du Mal*)張冠李戴(還稱作「小說」)，她卻不肯輕易放過！

「……那位女同志年紀不輕了，好像從未見過。她身材高大，也穿西裝，緊緊地裹着一身灰藍色的套服。她兩指夾着一支香煙，悠然吐着煙霧。煙霧裏只見她那張臉像俊俏的河馬。俊，因爲嘴巴比例上較河馬的小，可是嘴型和鼻子眼睛都像河馬，尤其眼睛，而這雙眼睛像林黛玉那樣『似嗔非嗔』。也許因爲她身軀大，旁邊那位同志側着身子，好像是擠坐在她的懷抱裏。」

楊絳對施妮娜這麼「另眼相看」，筆法這麼不饒人，在本書並不多見。杜麗琳綽號「標準美人」，又因她顚倒了「男歡女愛」的次序，採主動去追求許彥成，本是揶揄的好對象，但楊絳對她的諷弄，也是適可而止。作者對她網開一面，可能因爲她還貞守本分，不惺惺作態作學者專家狀吧。

「圍城」是譬喩：外面的人想衝進去，被圍的人想逃出來。錢鍾書用以比婚姻。在《洗澡》中想「衝」出去的人，除余楠外還有許彥成。余楠是騙子，因此他跟胡小姐談的不是愛情，而是買賣。他們自己既然不當眞，我們當然也沒理由認眞。

許彥成不同。前面說過，他是個書獃子，因爲「標準美人」屬意他，才胡里胡塗結婚的。婚後不能溝通，靠看書和音樂打發時間，日子彷彿和獨身時沒有什麼分別。在這種情形下，他對端莊秀麗、勤奮向學的姚宓發生感情是很自然的事。

好不容易等到機會約小姐去上香山郊遊，小姐也高高興興、爽爽快快的答應了，到見面時，他竟然說：「對對對不起，姚宓，我忘忘忘了另外還還有要要緊的事，不能陪陪陪……。」

為什麼臨時打退堂鼓？因為他猛然覺醒：「不好！他是愛上姚宓了…不僅僅是喜歡她、憐惜她、佩服她，他已經沈浸在迷戀之中。」

事後，他寫了條子向姚宓道歉，裏面幾句話倒可作為「殺人無力求人懶，百無一用是書生」的鮮明寫照：「假如我能想到自己不得不取消遊山之約，當初就不該約你。假如我能想到自己不得不尾隨著你，我又不該取消這個約。約你，是我錯，取消這個約會，是我錯；私下跟著你，是我錯。」

楊絳的筆觸，慣取低調，難怪在《洗澡》中僅有的一點春意，也因許彥成不勝春寒而隱沒。在三反運動中知識分子要割的尾巴種類繁多，像許彥成這種優柔寡斷的性格，算不算一條應割的尾巴？

作者的〈前言〉寫於一九八七年十一月。《洗澡》如非藏在抽屜的舊稿，應是近作。現今看來，三反是塵煙往事了。許多當年驚心動魄的「交心」場面，先由時間的沖洗，再經作者禪心的濾滴，不但失去刀斧的痕跡，而且還變了荒謬劇的笑料。我們且看朱千里怎樣面對羣衆唾棄自己：

「你們看看我像個人樣兒吧？我這個喪失民族氣節的『準漢奸』實在是頭上生角，腳上生蹄子，身上拖尾巴的醜惡妖魔！」

諸如此類的「自白」不勝枚舉。不過，值得回味的好書、例子最好不要盡錄。「傷痕文學」看多了，總覺得調調一樣。《洗澡》令人耳目一新。

天堂蒜苔之歌

一九八九年春天，葛浩文教授經港返美，問我看過莫言的《天堂蒜苔之歌》沒有。我說沒有，他就把從大陸帶出來的一本隨手交給我，並鄭重推薦：「好小說！」

葛浩文譯事最勤，對中國現化文學鑑賞力亦高，他這樣鄭重其事地要我注意《紅高粱家族》作者的最新作品，總有道理。上星期開始工餘之暇準備秋天的課，找出《蒜苔》來看。葛浩文說對了，這眞是震撼人心、建現實於魔幻之上的好小說。

現代派作品文字自成草蛇灰線，要觀微文大義，得細讀精讀。我只看了一次，浮光掠影，談不到了解。不過，葛浩文既然向我介紹，我覺得也應該談談我對此書的粗淺認識。首先，我把莫言的作者附記抄下——

本書純屬虛構，假如不幸與現實生活中的某個事件有相似之處，則係偶然巧合，作者不為自動對號入座者的心情和健康負責。

現在請釋題目。「天堂」是天堂縣，盛產優質蒜苔，是我國大蒜出口基地之一。《蒜苔》書分二十章，章前例引天堂縣瞎子張扣演唱的一段歌謠作「入話」。如第二章——

天堂縣的蒜苔又脆又長
炒豬肝泡羊肉不用葱薑
栽大蒜賣蒜苔發家致富
裁新衣蓋新房娶了新娘

但出現在本文的天堂縣百姓既沒「發家致富」，也沒「娶了新娘」。原因是縣政府在運作上出現了近乎「官倒」的紕漏。反貪汚是現今以江澤民和李鵬爲首的新領導要實施的政策，因此莫言在書中接觸到的政治問題，卽使在今天提出來討論，也不算是敏感題目。政治問題，事過境遷，最震人心弦的倒是莫言對人性、特別是封建餘毒未清的中國人性格的陰暗面不留餘地的揭發。

莫言對外國學者如杜邁可承認自己受過現代派作家如福克納和馬奎斯的影響，但就構思而言，烙於《蒜苔》痕跡最深的還是魯迅的傳統，特別是〈狂人日記〉。

「禮敎吃人」只是一個比喻，雖然我們知道在傳統中國封建社會中，被「禮敎」折磨的人，活着不比死去好受。在《蒜苔》中出現的父權，無限上綱。兒子殘廢討不到老婆，父親竟把女兒拿去當貨物交換給哥哥討媳婦。

在落後、閉塞、宗敎信仰和道德力量全部破產的社會中，人性殘忍的一面，如江河缺口，發揮得淋漓盡致。於是，當權者或其代理人在審訊刑事時竟把有刺的樹枝捅到「犯人」的肛門去。肌肉發達的同犯，看到「難友」受到特別待遇吃了鷄蛋，拳打腳踢，讓對方嘔吐出來，再迫他吃下去。

不論身份高低，有資格虐待別人，都可說是地位高人一等。在特權代表法律的社會中，虐待狂因此不是什麼變態心理，而是一種「正常」的自我肯定。

書中除了高羊對妻子女兒的愛，以及高馬對金菊的癡心近乎人之常情外，其餘的人際關係匪夷所思。父親車禍喪生後兄弟分家，一件棉襖剪成兩截。一雙鞋子也要左右分家。

幽默也是漆黑的。窮家老頭子臨終前把三個兒子喚來，問他們打算怎樣處理他的屍體。大兒子說只能量力買具薄木棺材。父親否決。二兒子說既然這樣，就用破席捲去埋吧。老人家也覺得不好。最後老三說：「爹，我說這樣辦，爹的屍體，俺兄弟三個劈成三份，剝了皮，拿到集上，當狗肉、牛肉、驢肉賣了，好不好？」父親聽後開心道：「還是老三知道爹的心思，賣肉的時候，多加點水，省着折秤。」

《儒林外史》有類似的辛辣筆法，但意在諷刺。莫言這則尖酸的「笑話」，直陳生命難以承受之輕微。

幸好莫言文字時魔時幻，減低了讀者面對野蠻敘述時的心理壓力，否則若干段落不忍卒睹。第十四章記高羊和四叔二人趕着老牛破車，把蒜苔拖到縣城發賣。高羊老婆給他生了個兒子。人一高興，話就多了。他跟四叔講自己的人生哲學——

> 俺娘死了後，我就這樣安慰自己，人就得知足，就得能自己糟賤自己，都想好，不好給誰？……所以呀，四叔，忍着吧，忍過來是個人，忍不過來就是個鬼。前幾年，王泰他們逼着我喝自己的尿——那時王泰還沒發達——我一咬牙，喝了，不就是泡尿嗎？人其實都是心理關係，都是假乾淨，那些穿白褂的醫生够乾淨了吧？他們連孩子衣都吃了。你想想，從女人那兒扯出來的，帶着血，他們連洗都不洗，切上蒜苔，放上鹽，倒上醬油，加上味精，炒得半生半熟的，就那麼咯吱咯吱地吃了。吳醫生把俺老婆那個衣拿去了，我問他好不好吃，他說像海蜇皮一樣。我的親兒，那玩意兒，像海蜇皮一樣？你說噁心不噁心？……

醫者父母心，卻愛吃孩子的胎衣。不論是眞是假，其傷天害理的程度猶如名爲父母官者，做出來的卻是魚肉人民的勾當。

殘雪的小說世界，儘多鬼聲啾啾的人物。其中倫理關係，父不慈、子不孝、兄弟無情、朋友不義。只因她作品的背景不設時空界限，文字也有一搭沒一搭的，我們只好作寓言看。

莫言不同。瞎子張扣在《蒜苔》的最後一支歌是這麼唱的——

唱的是八七年五月間
天堂縣發了大案件
十路警察齊出動
抓了羣衆一百零三
要問這案緣和由
先讓俺抽你一支高級煙
抽了香煙俺也不開口
送一張《羣衆日報》您自己看

據《羣衆日報》所載，「中共蒼天市委決定，撤銷仲爲民天堂縣委副書記職務，縣委書記紀南城停職檢查；省委、省政府就此通報全省。」對「煽動搞打砸搶的少數違法分了」，天堂縣司法部依法「嚴懲」。

莫言採西方現代派餘緒，發五四感時愛國主流文學之芬芳。發掘人性兇殘的面貌，五四作家中以路翎用的刀斧最深。姜貴的《重陽》，對虐待狂心理的描寫，也極見功夫。《蒜苔》全文二十一萬多字，雖不能說是集封建與極權兩種制度下暴露出來的野蠻根性之大成，但「從一粒砂礫看世界」，觸類旁通，已夠發人深省。這是一部《警世通言》。

九七風情

——莫理士筆下的香港

根據旅遊文學作家莫理士（Jan Morris）新書《香港》最後一頁所載，香港最少有一家酒店接受客人預訂一九九七年六月三十日那一天的房子。房錢是港幣一九九七元。這消息應該可靠，因爲莫理士女士本身已預訂房間了。

按中英協議條文規定，一九九七年七月一日英國政府將把香港主權歸還中國。清廷是一八四二年割讓香港的，但英國的米字旗早一年就在這塊「南天福地」開始飄揚了。這一百五十多年間物換星移，英國人從世上得未曾有的殖民大帝國逐漸退居老巢，想是當年任港督，今天成了路名街名如砵甸乍、般含、羅便臣和麥當奴等爵士萬萬想不到的。

下一屆總督是誰無法預測，不過，正如莫理士所說，香港總督的權力，將隨衞奕信任期告終。以北京勢力和壓力日漸南下的形勢看，衞爵士的繼任人所能扮演的角色，頂多是個升了格的禮賓司長而已。女皇一天健在，查理王子登基無望。若是他肯臨危受命，倒也合適不過。心理準備了十多年，自不必倉皇辭廟，但眼看 Union Jack 在西風殘照中最後一次上昇下降，想也會悲從中來，揮淚對黛安娜王妃。

在這歷史性的一天到香港來「觀禮」的，當然不只像莫理士的遊客。一定還有不少換了身分的前度港人，他們的心情想也比誰都要複雜。莫理士有這麼一個看法：「香港一半以上的人口都是土生土長的，正值盛年。英國人尚未撤退，但我們已感覺到，他們早已不把這塊地方看作殖民地了。他們本來就是中國人，住在這英國人管理過的屬地，不外是一種權宜的方便措施而已。不論一九九七後的主人是誰，總之不會是歐洲人就是。我可以這麼大膽說，即使他們間有與共產黨勢不兩立的，或是最親西方的，也難免感到香港回歸中國領土的安慰。」

從上面的話，可見莫理士女士（她以前是男身，動手後才由 James Morris 改名 Jan Morris）所寫的《香港》，不是一般的旅遊指南。她是威爾斯人，作品時在《紐約時報》旅遊版和其他旅遊刊物發表。她的《香港》是一本長達三百五十頁的歷史回顧。

任何職業作家在下筆前大概都會考慮到讀者對象這種問題，出版社更不用說了。本書絕少提到香港的風花雪月面，也沒有給讀者介紹什麼歷史掌故或名勝古跡。對旅客而言，吸引不大。作者不諳中文，參考資料清一色是英文。香港雖是英屬殖民地，但居民十之八九是華人，不參考一下中國人對香港的意見，看法自會「顧此失彼」。

莫理士完全依賴英文資料來講香港史，失漏自所難免。見過港幣的人都知道香港有「香港上海滙豐銀行」。滙豐滙豐，想是積財聚寶，珠玉滿盤之意。可是在本書卻作 Abundance of Remittances 解，意思剛好相反：滙豐銀行變了滙款銀行。

作者本人既不懂中文，在這種問題上諒不敢造次。她對滙豐別開生面的解釋，「靈感」可能來自 Mauricecollis 一九六五年在倫敦出版的 *Wayfoong*，一本介紹滙豐銀行發展史的書。這就以訛傳訛了。

本書既有資料性的局限，學院派的香港史家，自不敢以正史視之。莫理士自己也沒有說要爲香港人立史。這本書的設想與體裁，也正適合看《紐約時報》旅遊版的遊客。他們對一個陌生的地方有知識分子應有的好奇心，但又因沒有職業的需要，不覺得應該花時間去啃注釋密麻麻的參考書。

我們就假定這本書是爲想知道香港粗枝大葉的外國讀者而寫好了。那麼，對中國讀者而言，有沒有參考價值？答案是肯定的。華人學者寫香港史，又懂「南音」的話，當然有許多方便。兼通英文，更得心應手。但因爲膚色不同，不容易像莫理士一樣跟本地的白種人打成一片。

在第四章談到香港居民時，她說這個華洋雜處百多年的社會，有一特色。來自「祖家」的「上國衣冠」瞧不起當地的華人，不在話下。即是英國人自己，也因行業不同或階級懸殊的關係，互相瞧不起，河水不犯井水。過去在香港作威作福的英國人，除了衙門的官老爺，就是銀行的高職和洋行的大班。阿兵哥雖長了白臉孔，除了可以欺負手無寸鐵的香港華人，再無身價可言。他們有時要靠奚落中國人來肯定自我。

有一次一個官拜下士的英軍跟莫理士談起對港華印象，說：「都是膿包！他們什麼都不想知道！還有，他們氣味難聞！」

莫理士隨後附言曰：話雖這麼說，在九龍或灣仔的酒吧中，你不難看到這種下士流連忘返，擁著「氣味難聞」的吧孃打發寂寞時光。

無名下士說中國人是「膿包」的時候，是七十年代。這種不客氣的話，英國再不知輕重，也不會當着中國人面說的。莫理士著作其中一個可取之處，也就是「以夷看夷」這個角度。

七十年代九七問題還沒浮面，那時在香港的英國人跟今天的，最少有嘴臉上的不同。莫理士爲了寫本書，最近一兩年重臨香港。十年世事幾番新。人口增加了、鐵路電氣化了、地鐵四通八達。此外香港政府在教育、房屋、醫療、保險和其他社會福利的建樹，有目共睹。尤令她觀感一新的是政府衙門出現了一些「熱愛中國文化」的「士大夫」階級。

現任總督衛奕信曾任英國《中國季刊》(*China Quarterly*) 編輯。在衛督手下辦華務的中國通「士大夫」，據莫理士說爲數不少。其中還有人請她到山頂官邸吃晚飯呢。菜式中西合璧。

「你覺得魚的味道怎樣?」主人問她道：「池塘養的鯉魚呢，住在新界的老朋友送來的。」

飯後女主人送上新沏的茶，問道：「茶還好吧?福建來的，可能是陸羽在《茶經》品題過的那一種。」

辭行時莫理士不經心的問主人夫婦，九七在望，他們打算跑到那裏?

「跑到那裏?」主人異口同聲答道：「那裏也不跑。我們就留在香港。」

一般不在香港居留的英國知識分子，多多少少總會因鴉片戰爭的後遺症而對香港人感到歉疚。(莫理士在書中也略提到這點。) 這種複雜的情緒，可從作者偶然自嘲與挖苦自己同胞的筆調看出來。在「士大夫」山頂家晚飯前，主客捏着酒杯欣賞腳下萬家燈火。莫理士用了這種字眼形容自己的感覺：divine sensation 和 godlike，也就是「羽化登仙」、「與神祇一般的」興奮。

正因爲香港百分之九十以上是華人，而華人中只有極少部分是特權階級，可與「洋大人」平起平坐，莫理士覺得能擠身到幾十年前差點要貼出「華人與狗不得進內」牌子的香港會（Hong Kong Club），能在那兒喝一杯鷄尾酒，不勝榮幸之餘，也有幾分犯罪感。

她對早期香港華人的處境，更見同情心，不然不會注意到許多連父老輩亦已渾忘的細節。二十年代中，誰搶去一個裏面藏有現鈔二十四元的女人手袋，送官究辦後，先打十八笞鞭，然後判一年苦工。

事隔半個多世紀，這類嚴刑峻法不應存在了。但有些「苛政」，一樣在香港苟延殘喘。莫理士在全書的筆調相當平心靜氣，可是一提到香港的司法界，居然大動肝火。

「如果香港所有吃法律飯的人的水平都夠標準的話，那眞是奇蹟了！」她說：「他們大部分是爲金錢的誘惑才在這島上的法律界服務的。」

「英國統治了香港一百五十多年，百分之九十八的人口是華人，而法庭判案居然還是英文，眞夠侮辱人權。」她說。

有一天她到法庭去「觀禮」，耳聞目睹到以下這齣話劇。

不懂中文的法官對不懂英文的被告用英文喝道：「閉嘴！別再開口嘰哩咕嚕的說廢話！」

過後又對證人咆哮道：「有必要的話，我會要你作證十次、百次，甚至一千次，直到你冥頑不靈（thick skull）的腦袋瓜聽懂我的話爲止！」

最後他又諭告天下說：「這是法庭，不是魚市場，我是法官。你懂麼？我說的不是德文或希臘文，你聽懂了？」

被告是些可憐的妓女或小販。莫理士細看他判案時的神情，不論是罰款也好、判坐牢也好，竟無一絲同情或憐憫之心表露出來。

這位「鐵面判官」是白臉？黃臉？黑臉？莫理士說這無關重要，總之有這類法官存在就是。在這一插曲中她落了一條註：「我對此恬不知恥傢伙的描寫，毫不誇張。他說的話，也一字不易的照錄，希望他讀此書時認識到自己的嘴臉。」

她對香港華人的同情，並沒有減少她負面的描寫。中國人愛吵愛鬧，缺乏公德心。「有人統計過！」她這麼寫道：「如果街頭小販每一分鐘喊叫自己的買賣一次，那麼一天就有一百萬個噪音！」

大概莫理士也漸漸習慣了。她相信，要了解香港，不能光跟英國的「士大夫」和高等華人打交道，還得常常「下放」。

她跟朋友選了一個星期六的中午，走到一家她認爲全港最大，佔地最廣，可以筵開千席的菜館去「飲茶」。眞夠熱鬧了！且看她怎麼說：

「看來這裏擺了兩千張枱子。食客人山人海，年紀從哺乳的嬰兒到老公公都有代表。沒有獨坐一隅的人，更沒有不張嘴說話的人。談話聲、笑聲之外還夾雜盤碗相碰聲、侍者從一個角落喊叫另一角落的招呼聲、嬰孩哭叫聲、蔬菜肉類下鑊時的吱喳聲。還有擴音器播出來的粤曲之類的音樂。

「我們這就闖進去了！連『點心』或『北京鴨』也不會用中文說的歐洲人。我們好像坐在大漩渦旁邊，茫然捧着金紅色封面的大菜單細讀。旁邊的客人有時熱心的向我們點首示意，或在菜單上指點一番。我們莫名其妙的瞧着面前的人海傻笑。

「侍者一句英文也不會講。朦朧中，我們竟然也學着點起菜來。哈，也眞了不起！送上來那些熱騰騰的不知名的菜式中，竟有青菜、醬油調味的從海裏出來的東西，好些籠子裏盛着的點心，油膩膩的但滋味鮮美的鷄？或鴨？我們唏哩呼嚕的一下子就打發光了。什麼顧忌也沒有，好像這種中式吃相與生俱來。」

中國人在公共場合愛喧嘩吵鬧的習慣教「歐洲人」受不了，但與此同時，作者卻從這種「民族性」看到她認爲是中國人了不起的一面：超乎常人的適應能力。任何在荒蕪角落建起來的「新城市」，鋼筋水泥蓋成的房子，冷森森的，看似不適宜人類居住，咳，只要讓中國人搬進去，不到一夜之間，這地方就熱鬧起來了。生意人家在牆壁上貼的廣告招紙帶來了生氣，而只要酒樓飯店一新張啓市，整個新城市馬上就活起來。

更令莫理士驚奇不已的是，英國從全盛時期統治到今天，一個半世紀了，卻「同化」不了中國人。「官方」的語言，還是冷落的聲音。她因此對中國人這種堅靭的民族性暗暗佩服。有一次她坐一條機動破舢板到離島，看到「船長」默然在舵手室操作，無視於圍繞着他四周擾攘的親戚朋友，忽發奇想：自己若能「同化」於中國，在這些舵手領航下遨遊海上，想也不錯。

奇想都是浪漫的。到了最後一章談及香港的過渡時期，筆法突變：他把九七前景的討論看作有關死亡神秘的玄想 (contemplating the mysteries of death)。

對關心香港前途的中國讀者而言，這一章了無新意。你多看幾份報紙，就比莫理士對「大限」的了解更深。但本文既要介紹她的書，不能有始無終。以下就扼要交代一下吧。作者認爲，中共雖堅決收回香港，但到時也不知道要拿香港怎辦。中方和英方對所謂「特區的生活方式」，更沒有明確的概念，大家「摸着石頭過河」。

有關協議條文，莫理士引了一位美國漢學家對她說的話：「文字像橡皮」。也就是說，彈性可大呢。

有移民資格的，不是早已離港就是辦理手續中。沒有能力離開的，只好往好處着想。樂觀的當然希望香港在九七後繼續扮演今天的角色，但令人擔心的是，以前的上海，不是在一夜之間癱瘓了？

最令莫理士覺得諷刺的是，英國在香港「殖民」了一個半世紀，絕大部分的時間幹的是巧取豪奪、貪贓枉法的勾當。到了晚近十多年，決定改過自新了，而居民在「德政」下享受到空前的繁榮，子女受到義務中學教育，新生代成了新一代中產階級，憑着專門技能、苦幹實幹的精神赤手空拳打出天下來。

可就在這關鍵時刻鄧小平先生和戴卓爾夫人在北京「簽送了香港的前途」(signed away its future)。「所有的活力和希望都得覆蓋於中國共產主義的陰影下，令人不敢想像！」

莫理士有一次問總督衞奕信，他對自己在香港的歷史任務怎麼看法。衞督說將盡力把香港在正常的操作情況下交還中共。

莫理士覺得他是有意的言不及義。她若易地而處，又有什麼「有意義」的話可說呢？

「舊景拋難掉，殘山夢最眞」。過兩年衞爵士任滿時，如果半島酒店也接受九七預約的話，不妨先在那裏訂個房間，然後推薦查理來港接位。到時香港一切操作正常，萬民騰歡。不幸稍有差池，大可把責任推到最後一位總督身上。

少數民族・大衆人情

——簡介鄭萬隆《我的光》

初識鄭萬隆的作品，是〈老棒子酒館〉，驟覺狂風沙石迫人，很有司馬中原的味道。隨後又在西西編的選集讀了〈陶罐〉，發覺鄭萬隆的文字與風格，與司馬果有雷同的話，僅屬浮面。司馬少小離家，記憶中的黑山白水，已是舊時情了。再說，司馬又不是什麼「少數民族」，對自然和人生的看法與滿、蒙、回、藏說不定稍有差異——假定我們接受少數民族自有別於「漢人」的獨特感性的話。

司馬講鬼，自然很「魔幻」，但凡涉及江湖恩怨，他的故事就落實得很。刀光劍影、拳聲掌風，隱約可聞。

鄭萬隆的小說，具有「後八股時代大陸小說」一大特色：草蛇灰線，書不盡意。他不故弄玄虛，但偶然那麼傳奇誇張的幾筆，就教人在文字組成的蒼茫「現實」中，感到實者虛之的震驚。

魔幻和「後設」之風吹到臺灣後，就個人涉獵所得，僅張大春得其神髓，淡而化之。鄭萬隆的調子是深沉的，因此你感覺得到，他小說中愚夫愚婦講的最荒唐的事，你也不可以「掉以輕心」。自然界一草一木，不可玩忽。

張大春即使面對最虔誠的題材、最悲涼的現實，也可以打着哈哈跟你魔幻一番。除了個人氣質與把握藝術的手法各有不同外，我想另外一個可能的原因是：張大春的想像力和感性沒有受到文革後遺症的干擾。

我們從事學術研究的人都知道，像現實主義、寫實主義、浪漫主義、現代主義等諸如此類的名堂，本身縱有一言難盡的限制，但爲了行文方便，卻不能不明知故犯的引用下去。對「少數民族文學」這個稱謂，我個人的感覺與上面那堆類別名詞相似。求方便可以，卻不必認眞。認眞起來，輕者說不定讀書時在字裏行間刻意追求「異族情調」，重者說不定研究起「華夷之別」來。

譬如說，張賢亮筆下那個難忘的女子馬纓花（《綠化樹》），她熱情如火、敢作敢爲的性格，難道僅是「流着少數民族」血液女子的特色麼？什麼話！誰說漢家姑娘沒有馬纓花？拜尋根熱之賜，沈從文小說中的「苗根」近來備受重視。沈老當年對禮敎文明是否使人類活得更幸福所持的保留態度，是大家熟悉的。〈蕭蕭〉中的童養媳，如出現於詩云子曰的「禮教」社會，被人誘姦懷孕後的命運，絕對逃不過沉潭的悲劇。但沈從文「饒」了她，而且讓她快快樂樂的活下去。

但〈蕭蕭〉寫的，不是少數民族的社會。蕭蕭長大的地方，只不過是一個遠離「道德重整會」範圍的窮鄉僻壤，因此族人可以自訂清規戒律，不必理會孔子孟子怎麼說。

鄭萬隆出生於「黑龍江邊上，大山的摺皺裏，一個漢族淘金者和鄂倫春獵人雜居的山村。」他跟少數民族「掛上鈎」，大概也就是因為這點點的歷史地理因緣。

〈老棒子酒館〉那位陳三腳，是白刃子進紅刃子出、掉了門牙和血吞下那類江湖人物。初出現時蠻恐怖的，後來卻覺得他雖是老粗，卻粗中有細，講義氣，恩怨分明。「我這個人，一輩子吃過喝過玩過樂過，也不欠誰的什麼。」他說。

他是不是少數民族？鄭萬隆這麼交待：「大家都背後叫他『黃毛陳三』。但大家誰都說不清楚，他多大年紀，是否有過家，愛過哪一個女人，是漢人還是達斡爾人。」

陳三腳雖然是夷是漢也說不清，也不礙事，因為〈老棒子酒館〉說的是有恩報恩、有仇報仇、殺人填命、欠債還錢的老規矩。如果陳三腳因身上長了黃毛疑作少數民族，那麼他一定「漢化」得脫胎換骨，再不然最少在人際關係上再沒有什麼「華夷之別」。

一要在《我的光》集子中找出一個「可靠」的少數民族的故事，可選〈峽谷〉。人的名字就跟我們不一樣：申肯（老頭子）、恩都力和別爾丹（小夥子）——都是鄂倫春人的名字。故事的衝突，源於兩代人對自然的態度。對老頭子申肯而言，自己出生的地方一草一木都有情。他尊重勒勒山的歷史和「那些老輩子」的事。而兩小夥子，勒勒山就是山，沒有什麼可說的。

小夥子獵熊要用槍打，「現代化」得很。而申肯堅持熊是不能用槍的，因爲用槍打，「勒勒山上就不會再有熊了，那裏的樹都會枯死，草也不長了。」

再說，「你們知道，熊和咱們鄂倫春人是一家子。」

其實，熊不能用槍打不單爲了「迷信」。依鄭萬隆來復浮現的意念看，世間生物都是有靈的。動物沒有「科技文明」，人類靠一粒子彈取其性命，太不公平了。要交手，大家平起平坐：熊用超人的氣力，人靠刀子。

申肯冒死去阻攔兩個後生用槍，最後用刀與母熊相拼，同歸於盡，滾下懸崖。申肯的言行，也眞是江湖規矩的延伸。

鄭萬隆對文化和現代化的存疑態度，在本集標題小說〈我的光〉表現無遺。裏面的紀教授帶着一位「土著」爬山越嶺，計劃把環境優美的五馬架山開闢爲國際旅遊區。土著庫巴圖的兒子，完全「漢化」了，跟城裏的小夥子穿一樣的時髦衣服，當然不會像父親一樣負着沉重的鄉土神話包袱。他熱心地幫助考察隊完成國家「現代化」的計劃。

庫巴圖終於帶考察隊到了天階湖，日落時分，四周出現了神話世界似的奇景。一座馬型的山忽現活了，「頭一搖一晃的，身上金色的鬃毛飄撒起來，從湖面傳來了得得踩蹄的響聲。」

紀教授爲了捕捉奇景，揣着相機迫近湖面——結果掉下山谷去了。

從「環保」的眼光看，這是「環保小說」。如果〈我的光〉以文革做背景，那麼庫巴圖就是阿城小說樹王的化身。但鄭萬隆的構想顯然不是批判性的。紀教授以現代人的身分做「現代化」的事，沒有什麼話可說的，正如庫巴圖要保持環境的現狀是天經地義的事。套用紀教授沉思時的話說：「我其實和這位鄂族的老人一樣，實踐着自己那微不足道的人生。」

本集還收了〈空山〉、〈野店〉、〈狗頭金〉、〈鐘〉、〈三塊瓦的小廟〉和中篇〈火跡地〉，限於篇幅，無法介紹。〈空山〉講信之可貴；〈野店〉說癡情；〈狗頭金〉描述人類共有的貪念與慾望；〈鐘〉道及一對受詛咒的戀人和「少數民族」對傳宗接代的重視。〈三塊瓦的小廟〉人物的身分也跟〈狗頭金〉的相似，都是淘金的亡命漢，只是玩命的人受了兒女私情的牽連，多了一分癡想。

〈火跡地〉篇前的作者按語雖然把歷史、神話與傳說混雜一起，但以文字和構思而言，內容卻非常「寫實」。這是一個以文革爲背景（一九六九年），有關一批人流落在大興安嶺打草爲生的故事。舊社會把人變成鬼；新社會把人變成獸。在這兒屠狗的不是什麼鬚眉男子，而是「長得很勻稱，模樣兒也很俊秀」，因在政治上被打成什麼類下放到此的女人。她自稱「黑奶奶」。

爲了代媽媽償還兩千多元的醫藥費，二十歲還不到的楊鬧兒「賣身」到這隊伍來，進喇嘛溝去打羊草。無邪的少年，在這個代表弱肉強食的小圈子中打過幾個滾，發覺自己也變了，「心一下子硬了，硬得連他自己都感到有點吃驚。這顆心是殘破的。殘破的心容易變硬。」

儘管心已殘破，楊鬧兒在這道德與理性灰蒙的世界中，被迫扮演了「異於禽獸」的唯一角色。他對母親盡孝道，對朋友講信義。禽獸當道的世界，他當然鬪不過。最後他一把火把大興安嶺燒了，討個白茫茫一片眞乾淨的痛快。

若干少數民族的確有異於漢人的風俗，如西藏的天葬。但這些「奇風異俗」本身不一定就是文學的素材。鄭萬隆作品之受人注意，不因他記庫巴圖和他族人不吃魚，「不吃不長毛的肉」的異趣，而是他對生命異於常人的了解和詮釋。

丙輯

耶穌公案

近年最先聲奪人的美國電影，首推根據卡山札基（Nikos Kazantzakis）小說《最後的誘惑》拍成的《基督的最後誘惑》。

香港的娛樂周刊 *TV & Entertainment Times* 在七七二期中撥出三版的篇幅，刊出了書評、影評和教會人士對此片的反應。

臺灣兩大報的副刊，除了請李哲修神父和周聯華牧師發表意見外，還有高大鵬先生的特稿〈大作家亂點鴛鴦譜：爲《基督的最後誘惑》解惑〉。（見一九八八年十一月十九、二十日《聯副》。）

但眞正做成「先聲奪人」現象的是此片的原產地美國。承一位熱心朋友的幫忙，把《紐約時報》有關此片的報導剪寄給我，現在電影在港正式公演，我看了第一場，決定就手頭的英文資料寫篇雜記。

《誘惑》在美首演的前一天（九月十一日），「美國傳統、家庭、財產保衞協會」(The American Society for the Defense of Tradition, Family and Property) 斥資在《紐約時報》登了整版「抗議」褻瀆神聖的廣告。最值得注意的不是抗議書的爭辯內容（譬如說美國既有法律保障個人不受毀謗，爲什麼不按此法保護耶穌基督的形像不受損害?），而是草擬此廣告的作者還沒有看過電影就「抗議」的事實。他們只根據報紙刊物的報導去「推測」(speculate about) 此片的內容。

這些刊物說了些什麼話?

「這個耶穌是木匠，替羅馬人做十字架處死猶太人……。」

「《誘惑》所描寫的耶穌，內心苦惱，意志不堅。他扮演救世和殉道者的角色，完全是出於無可奈何的……。」

「基督被釘十字架後，有一個長達三十五分鐘的夢遊片段，關鍵至大，因爲他夢想到跟妓女馬格德琳結婚作愛……。」

這協會從《紐約時報》、《時代雜誌》、《新聞周刊》和《今日美國》等大刊物抽了九條「褻瀆」耶穌形象的例子，我們不必在此細舉，總之他們要抗議的幾點不外是：耶穌作爲救世主的使命，並不是後知後覺的，他從未猶豫惶惑過，他沒有結過婚、沒有再婚、更沒有犯通姦罪。雖然這三十五分鐘的過程僅屬幻想，但從第六誡的廣義看，一念之邪也算姦淫。

除了「筆伐」外，「口誅」行動也來得轟轟烈烈。八月十一日那天，約有七千五百人在好萊塢環球片場（Universal Studios）前示威，齊聲呼喊「耶穌！耶穌！」

如果連協會的撰稿人也沒有看過影片就抗議，這七千五百人中，更不大有可能在採取行動前看過試片或細讀過刊物的報導。我想道聽途說者佔絕對多數。

從《誘惑》未演先轟動的情形看，我們可知文字與映像媒介對社會影響兩種不同的層次。

《誘惑》希臘文原著於一九五五年出版，英譯本於一九六〇年面世。據譯者比恩（Peter Bien）教授所言，此書譯成其他的歐洲文字後，羅馬教廷即列爲禁書。比恩自己的譯文甫面世，基督教的原教旨主義人士就發起運動，要把他的書逐出圖書館，但沒有成功。

電影的《誘惑》源於卡山札基的《誘惑》，但英譯本上市前沒有什麼衞道人士在《紐約時報》登廣告抗議，更不會有人（別說七千五百個了）跑到出版社前口誦「耶穌！耶穌！」

在電視電影盤踞了大衆傳播的今天，文字本身影響社會的比例，微乎其微。《河殤》的傳播，如果僅限於蘇曉康和王魯湘的說明，相信不會引起這麼大的震動。我還沒機會看過這個電視系列片集，但我可以想像到在第五集「憂患」出現的旁白形象化起來會得到什麼效果：

人民更不會忘記，就在離包公祠不遠的一幢舊銀行裏，發生過『文革』動亂中最黑暗的一幕。在這間陰森森的黑屋子裏，親自主持制定過憲法和黨章的共和國主席，被秘密囚禁，度過了他生命的最後二十八天。死的時候，他那滿頭白髮足足有一尺長……

這是一個民族的整體悲劇。如果中國的社會結構不更新，中國的政治、經濟、文化以至觀念不現代化，誰能保證悲劇不重演呢？

我想蘇、王二位在文字上的訴求力量，怎樣也比不過鏡頭上出現的垂死「國家主席」劉少奇。

卡山札基以文字來刻劃耶穌的誘惑，對一般人來講，怎比得上眼前銀幕上赤條條的男子，跟赤條條的妓女相擁在青紗帳裏呻吟，那麼離經叛道？那麼不可思議？那麼敗壞人心？那麼直截了當，連文盲也知是什麼一回事？

「原教旨主義」指相信聖經所說的和預言的事情都是千眞萬確的，毫無置喙餘地。換句話說，此派反對任何修正主義。天主教、基督教對人類的影響，由於傳教士足跡無遠弗屆，信徒不限膚色國籍，遠比回教和佛教深遠廣大。天堂、煉獄、地獄之說，信者當然信以為眞。天主教中有關奇蹟的傳聞太多。法國的露德聖母，長途跋涉前往朝拜者絡繹不絕。

儒生殺身成仁、捨生取義是爲仁爲義證道的勇氣表現。連孔子都說「未知生，焉知死」，我們可以想像，文天祥這等人引頸就戮時不會對來世存什麼幻想。

天主敎的殉道者卻不會這麼寂寞。他們知道護敎要付出很大代價，或挖眼珠、或餵獅子，但他們甘之如飴，因爲天國近了，因爲耶穌說過，溫順善良的人有福了。

隨着對耶穌毫無保留的信仰而來的是對十字架的崇拜。幾乎所有有關殭屍與魔鬼附身的傳說最後都以十字架所代表的法力解禳。

TV & Entertainment Times 兩位影評人對在《誘惑》中的耶穌角色很不客氣，說他是 Wimp，膿包。我想看了此片後與他有同感的觀衆爲數不少。香港首演那天，坐在我前面一些觀衆，聽到我們的救世主自貶威風說：「我說謊話、我爲人虛僞。我什麼都怕。魔鬼在我身上。」他們都笑了。

訕笑銀幕上這個「膿包」的人，可能是「異敎徒」、佛敎徒或無神論者。但我們可以這麼推測：把聖經的信仰作爲安身立命之所或把宗敎情操作爲一種生活習慣的敎徒，看了這個「膿包」的言行，說不定會頓起「遇人不淑」的失落感。

當然，如果這些觀衆是有強烈求知慾的知識分子，散場後找小說和其他參考資料來看，就不會覺得卡山札基所塑造的耶穌是膿包了。我們試引比恩敎授的話說：「卡山札基寫這本小說的目標，無非是想在西方文明追求逸樂、捨棄精神生活這個沒落的時刻，給我們提供了耶穌作模範。」

可是，我們知道，在繁忙的現實生活中，那幾個人有靈修習慣，看問題不滿足於表象，肯花時間去追根究柢？

由此可見美國的衞道人士，單憑傳聞就抗議也自有理由。看了電影後要抗議，更有理由。美國政府發行的銅板鈔票，別開生面，上面印有 In God We Trust，「我們信仰上帝」。以美國人而言，上帝不是阿拉，不是佛祖，而是耶穌基督。

在香港，《誘惑》以第三級電影上演。在美國，大概是列爲「不准兒童觀看」的三X級。《誘惑》的鏡頭，既有色情，亦有暴力，但對無反思靈修習慣、「文化水平」不高的普羅大衆來說，此片的「殺傷力」，年紀越大，越見痛苦。一生把天主十誡作爲金科玉律的老先生、老太太，看了「膿包」的德性，想不開的話，難免覺得此生白活了。

《誘惑》電影不可靠、《誘惑》小說不可靠，那麼，福音裏的耶穌可不可靠呢？在原教旨信徒說來，當然毋庸置疑。但在近代學院派不斷的質疑下有些他們提出來的意見，其「離經叛道」處，不下於馬丁·史柯西斯（Martin Scorsese）拍出來的電影，只不過因爲問題屬於學院派，鮮在傳媒曝光，引不起一般人注意而已。

以下幾則例子，資料採自八月十五日的《時代周刊》。

我們上面提到天主教殉道者能夠視死如歸，因爲耶穌說過，「溫順善良的人有福了」（Blessed are the meek）。這福音太有名了，卽使非基督徒，稍微受過教育的人也應聽說過。

但美國神學教授中有些「疑古派」，組成了鑑別新約聖經眞僞部分的硏討會，每年聚會兩次，以投票方式取得結論。他們其中一個判斷是：耶穌只說過「貧窮的人有福了」，可沒說過「溫順善良的人有福了」，因此這是「僞經」，是後來的福音作者依舊約的口氣加上去的。

耶穌是「無原罪聖母」、童貞女瑪利亞所生；耶穌死後第三天復活，這些都是天主教徒的「常識」，可是牛津大學哲學教授 Michael Dummett 認爲這種說法會危害到教會的公信，會被人引爲「笑柄」。

近代學者以史學考據的方法去找尋「眞正的耶穌」，好些發現也一定會被原教旨信徒「唾棄」的。且看這些例子：

㈠耶穌並沒有自封救世主。這個稱謂是福音的作者加上去的，因爲教會相信他是救世主。

㈡耶穌說自己是上帝的兒子（神之子），那是譬喻的說法。在新約中把耶穌稱爲「羊」、或指他的語言是「上帝的語言」，也是譬喻。

㈢依加州 Claremont 神學院 Burton Mack 牧師的說法，羅馬人處死耶穌，可能是誤殺。照歷史的記載，羅馬人經常搜捕政治上持異議者，捉到後不經審判就處決。耶穌「落網」那一天，可能正在給一羣喧嘩吵鬧的加利利人宣傳天國的福音。

如果耶穌沒有政治野心，卻背了政治犯的罪名去受死，看來確似寃案。但只要我們冷靜分析一下，就不難想像得到，耶穌這種人在世界任何角落、任何時候，都是令當地官府覺得頭痛的人物。宣揚天國福音，如果門徒寥落，不會造成治安威脅。但我們卽使沒有看過耶穌、沒有聽過他的聲音，單自聖經的記載，可知他是個具有非凡魅力的佈道家。他講天國，門人信徒前呼後擁，在執意要保持政治和社會現狀的羅馬猶太總督彼拉多看來，這就是煽動分子的行爲了。說耶穌是個持異議的煽動分子，既沒有惡意，也沒有誇大，因爲這正是他在這世界上的本分。

自由派與保守派有關耶穌的爭論，除非耶穌再生，以神蹟取信於人後再自作證人，否則卽使爭吵到世界末日那一天也不會有大家可以接受的定案。《時代周刊》的撰稿人說對了，耶穌的形象不可能只有一個。卡山札基在《誘惑》創造了另外一個耶穌，無非因爲他不能接受經書上的八股。耶穌既是半人半神，他肉身的感受與反應是正常的話，見色不可能不起「邪念」。

《誘惑》中的耶穌斷氣前還作了長達三十五分鐘的「非非之想」，論者以為是一大敗筆。周聯華牧師就這麼說：「性愛和家庭是神聖的，但是在一代偉人，姑且把耶穌當作人，在他為世人釘死十字架，遍體鱗傷，流血犧牲的最後六小時竟然想與美女做愛，和另外兩個女子生兒育女，忘記了他犧牲受苦的主要任務是不可思議的，這樣來描寫就顯得庸俗和貧乏了。」（見十一月九日《聯副》）

我們如憑直覺去判斷，的確如此。但我們可別忘記，「卡山札基寫這本小說的目標，無非是想在西方文明追求逸樂、捨棄精神生活這個沒落的時刻，給我們提供了耶穌作模範」。如果電影刪去了這關鍵的三十五分鐘，比恩教授的論點難以成立。魔鬼在耶穌釘上十字架後，還要化女身引誘他，可見他自已的意志尚不堅定。也就是說，他慫恿猶大出賣他，好讓自己完成使命，因非出於自己選擇，僅奉命行事，在感覺上頂多是「慷慨赴死」。

性愛、家庭、孩子，在凡人說來，算是人世間的「逸樂」、依戀的一種。到後來門徒彼得、猶大相繼出現，指責他出賣了他們，他才省悟過去，決定重回十字架去受苦。這個選擇，是他自願的。在「逸樂」與「精神生活」之間，他選擇了後者，意境也一下子從慷慨赴死提昇到從容就義。

周聯華牧師提醒我們說，「耶穌是『神成肉身』，而不是『肉身成神』。他本來就是神，人性的種種缺憾和陷阱不可能在耶穌『身』上出現。」

看來耶穌出自童貞女母胎之說，的確是教義上一個盲點。這位「神之子」要以血肉之軀下凡，卻不肯背起臭皮囊的負擔。童貞女才有資格孕育耶穌，無形中把守貞的與結婚的男女分成清濁兩類。

卡山札基顯然不肯接受這種八股教義。他要創造的是一個二十世紀信徒可以接受，可以親近的耶穌，鐵釘子入肉時會哇哇叫痛的救世主。

任何超凡入聖的決定都得先通過考驗才能取信於人。聖經上的耶穌在受難前夕禱告，三次哀呼：「父啊！如果可能，就讓這死亡的杯遠離我吧。」由此可知即使「神成肉身」的人，只要有「身」，也免不了「人性的種種缺憾」，也免不了恐懼和懦弱的時刻。卡山札基的耶穌心路歷程包括了結婚、生子、通姦各種經驗，相當於接受了肉身的洗禮。救世主要贖世，也首先得備嘗人間生老病死苦的滋味和性經驗呵。

上面的論點，是把耶穌看作文學角色推演出來的。卡山札基創造了這個人物，解決了自己信仰的危機。看了《誘惑》著作或電影的觀衆是否能夠感受到類似的經驗，實在難說。不過我個人倒是相信：本來不是教徒的人看了不會因此入教，而信仰本來堅定的人不見得因看了 Willem Dafoe 扮演的「膿包」而背叛耶穌。

《正午的黑暗》作者凱斯德勒（Arthur Koestler）說得有理：信仰和愛情都是不講理的，都是發自內心的需要。

不說《誘惑》沒有把耶穌抹黑，即使抹了黑，他在信徒心目中的形象也不會受損。既然非基督教的史家如 Cornelius Tacitus 也在著作裏提到耶穌這個人，這就夠了。信不信他是救世主，完全是個人的選擇。

第二滴血

繼陳果仁被美國汽車重鎮底特律兩位白種居民誤作日本人而錯下毒手後，一九八九年七月二十九日在北卡羅萊納州一市鎮又有華人被錯認越南人而枉死。

替越南人受死的是盧明希，二十四歲，中學畢業後在餐館工作賺錢湊學費，打算今秋入大學念書。

一九八二年六月十九日被棒球棍打死的陳果仁，是工程師，也是二十來歲。

盧明希事件，尚未見美國國際性的刊物報導。這並不表示美國媒介對人命的看法灑脫得像毛澤東一樣：人死是家常便飯，有啥好說的？我想除非這案件最後鬧到高等法院，上了像《時代》和《新聞周刊》這類大型雜誌，否則盧明希這件命案，就簡單得像美國各市鎮經常發表的交通意外傷亡數字。

香港和臺灣的報紙倒沒有忽略這「代罪羔羊」的悲劇，但落墨遠不如美洲版《世界日報》多。這一點也不奇怪。像盧明希這種案子，在香港臺灣這種地方是不可能發生的。每個地區的讀者看報，都先注意到與自己貼身利益有關的事。換句話說，盧明希被誤殺，只有棲身在美國的中國人才會感同身受，才會有切膚之痛。

華人向北美洲移民，歷年增多。六四屠城事件後，這種趨勢，越見明朗。我相信在不久的將來，香港和臺灣的人口中，大部分的人最少會有一兩個直系親屬流落在美國或加拿大進修或謀生。如果我的假定成立，那麼，盧明希案子的意義，早已超越了地區性：我們應該從他個人的不幸記取教訓。

首先，我們必須認識這個痛苦的事實：有色人種在白人執政的地方，受到有形無形的歧視，幾成常例。白人過去把亞洲人看成「劣等民族」，一來由於亞洲地區確是貧窮落後，二來是白種人自己的無知。

美國在二次大戰後撥款鼓勵亞洲研究，力求急起直追，但冰凍三尺，百多年來積聚下來的愚昧與偏見，一朝一夕怎可以改正得了？越戰期間，阮文紹總統在《時代周刊》這種超級國際雜誌中還是以 President Thieu 的姿態與讀者見面。

但話得說回來，美國政府亡羊補牢的工作在這三四十年間最少在知識分子中收到不少正面的效果。現在美國漢學生在中國研究課題內取得的成就，行家有目共睹，不必細說。

問題是：拿棒球棍或槍托去殺「日本人」或「越南人」的，不是這些漢學生，而是草根百姓。這些美國老粗到那一年才會「啓蒙」？誰也不知道。唯一辦法是繼續把他們以老粗看待，與他們交往時盡量趨吉避凶。

除了馬可孛羅、歌德和伏爾泰這些少數例外，老一輩西方人士筆下的中國或東方，難找到幾句恭維話。如果他們認爲我們神秘得不可以「常理測度」，已經夠客氣的了。

見諸「古籍」的東方人已「不可愛」，而半個世紀以來美國人在戰場上三次與亞洲「敵人」交鋒的經驗，更加強他們對亞洲人「陰險、殘忍、不可信賴」的偏見。

太平洋戰事結束後，日本人民「站起來了」，貧窮落後的惡名一洗而盡，但老一輩的美國人看到太陽旗就聯想到武士刀、集中營受盡折磨的同胞。

越戰時，面對美國強大的軍火，越共唯一可依賴的是「兵不厭詐」的戰術，「卑鄙邪惡」的手段，在所難免。

美國的「老粗」可能連一篇有關越戰遠因近果的文章也沒看過，但不可能沒有看過像《第一滴血》這類電影或電視。

他們對東方人的認識，可能全是由電視媒介得來。西方帝國主義迫害亞洲人百多二百年是個遙遠而「學術性」的問題，而有兒女、丈夫或兄弟在太平洋戰區、韓戰、越戰喪生的家屬，是絕不會抽象的去思考美國人參加韓國或越戰是否正義不正義的問題的。他們本能的反應是：我的孫子、兒子、或丈夫被你們這些「黃皮狗」殺了，一命填一命吧！《世界日報》八月九日的特稿就有這幾句的關鍵話：「一位證人說，兩白人對五名亞裔說，他們不喜歡越南人。他們唯一的理由是他們的兄弟參加越戰，從此沒有回來。」

中國人不想被誤作越南人作枉死鬼，唯一的自救之道是身上掛着一個「我不是越南人」的牌子。這當然行不通，因爲這會引起越南人的「公憤」，說不定牌子未掛身先喪。

我前面說過，我們應記取盧明希案子的教訓，在逆境下儘量趨吉避凶。玆就個人所知，聊述一二。以下文字錄自《世界日報》：

> 事情起於廿八日（週五）深夜，從皇后餐館打工下班的盧明希與四位朋友大約在午夜前往彈子房打彈子，五人全部亞裔。當時兩疑兇已在彈子房內。一位目擊者說，兩疑兇在他們進來後立即上前騷擾。……

凡在紐約市住過一陣的人，都會知道這個城市某些地區，不是良家婦女或「住家男人」應該去的。有些街道，白天逛逛還可以，但一到入夜時分，就應視作禁區。

我想一般住在大城市的人，都有這種常識。可是小城市也有小城市的「禁區」。我住了近二十年的麥迪遜，是威斯康辛大學「總部」的所在地，人口二十萬左右，是名副其實的大學城。照理說，在這種地方出入，可以百無禁忌了。

事實並非如此，而且「禁忌」的由來，與種族膚色無關。有些酒吧（或彈子房），你的「身分」不合標準，頭髮和嘴臉長的是什麼顏色，一樣不受歡迎。這又爲什麼？說來簡單，中下層社會自成一體系的「階級觀念」作祟。七八年前威大一教授寫了一本備受好評的書《藍領的貴族》(*Blue collar Aristocracy*)，談的就是「勞動人民」的排他性。

他說他在麥廸遜校園區附近的酒吧喝啤酒，從沒有過給人瞪眼、把你看作外星人的經驗。理由是這些酒吧，常客不是學生就是教授，或是與這些「高知」有點關係的人。他們的衣著談吐可能有異，但一舉手一投足間，總有一種同業可以認同的「階級氣味」。

可是他一離開校區到城市邊緣、藍領子定時光顧的酒吧去，頓覺「冷風撲面而來」。我想他即使蓄意「改裝」，穿上藍領階級的制服或便裝，在言談間偶然加一句國罵，勞動人民眼睛雪亮，一看就知你非我族類。

排他性是動物本能。鵲巢鳩占不可忍；鳩巢鵲占同屬侵略行爲。香港和臺灣有身分地位的有錢人，不想降格與庶民同樂，乃自組私人俱樂部，這就是階級論的體現了。藍領階級沒有能力割地封疆，只好發動羣衆力量，呼朋引類，把本來不限身分的公開營業場所「坐大」。久而久之，這類酒吧就變成他們的俱樂部。

土生土長的白人，到自己的地方喝一杯啤酒都受到「歧視」，我們的長相「與別不同」，更應研究清楚自己覓食的地方究竟有那些禁忌。這就是我上面所說「趨吉避凶」的最基本原則。

盧明希深夜還到彈子房耍樂，已違趨吉避凶之道。一進去後就受到「兩疑兇」上前騷擾，如果自己不是李小龍再世，應該一言不發，馬上離開現場。遇到流氓（其中一個疑犯身上帶有毒品），沒有什麼話可說的。卽使他們沒有親人被日本人或越南人殺害，他們對有色人種本身就有偏見。

六四事件後，把許多人最後一點落葉歸根的希望都破滅了。既然命定要在海外偷生，應該儘量避免讓「地主國家」人士有機可乘，進而做出傷害自己的事。

同樣遠適異國，洋人和我們這些「龍的傳人」在身價上就有天壤之別。洋人在臺北香港，受盡服務行業阿諛奉承，黑道人物要湊些糧餉，主意大概不會打在洋人身上。一位曾在臺北出入多年的老外，有晨跑習慣，我曾好意誡之曰：「別在鬧區亂跑呵，你知臺北的計程車、摩托車愛橫衝直撞，世界知名。」

他不慌不忙的答道：「沒關係，他們卽使亂來，也不敢衝撞洋鬼子。」

話是開玩笑說的，但可怕的是這話透露出來的潛意識。他曉得一到亞洲，身分就高人一等。

香港人在殖民地的制度下生活了這麼多年，對洋人的氣燄該受夠了。現在九七大限近在眼前，迫得有能力的人遠走他方。他們心裏當然明白，如果這個「他方」是白人的領土，又得準備受人家的氣燄。

那麼爲什麼還要自投羅網？我想嚴家其說得好，中共不是什麼「共和國」。在「他方」入了籍，你有選舉權。盧明希被誤殺了，聯邦調查局揷手幫助當地警方辦案子。

反觀中共執政四十年，打着民族主義的幌子，幹的是異族也不忍下手的勾當。逃出生天的民運分子一概判爲「賣國賊」。在「他方」被控賣國賊，還有上庭答辯的機會。嚴家其若落在中華人民共和國的判官手裏，不用拍驚堂木，早已身首異處了。

凌遲而死是極刑。文革期間中共炮製出來加諸「反動人士」的各種精神折磨，是精神上的凌遲。肉體凌遲有時而盡，精神凌遲渺渺無期。

身處異邦，若不識趨吉避凶，說不定也會落得陳果仁和盧明希的收場。說到受歧視，這也許是寄人籬下無可避免的代價。中國人過去歧視洋人，今天人家「以牙還牙」，說得阿Q點，這也是報應。再說，如果我們不用擠在人家的大使館門前取表格，人家也歧視不了你。

在美國受到有形的歧視，大可告上官府。在中華人民共和國若因「出身不好」而受歧視，那就沉冤莫白了。

也許這就是嚴家其等知識分子寧願做「賣國賊」也不肯回家的原因。若嚴家其跑不出來，爲了自保，他迫得當「愛國分子」。要「愛」鄧李楊集團所代表的「國」，他不能不做幫兇。

我題目叫「第二滴血」，是因陳果仁和盧明希案子所引起的聯想。其實，百年前唐山父老以「豬仔」的身分到美洲來淘金、築鐵路，所流的血已不可以「滴」來計算了。「第二滴血」，是新移民的血。今天的「豬仔」，多的是國士級的精英分子。但教育程度雖異，而反映出來的中國悲劇則一樣。

前者離鄉背井，爲了賺錢。後者九霄驚魂，爲了避秦。

強勢文化

一九八八年十二月十六日《亞洲周刊》推出了一個特輯，看其內容，可說是個「亞洲第一」的故事。這雜誌爲美國《時代周刊》的姊妹刊物，故無論在編排和報導形式上都現出《時代》脈絡：設想顧慮周詳而文字深入淺出，引人入勝。

頭條文章引出一香港女子看「美國牛仔大戰紅番」的反應。「這些印第安人看來像亞洲人呢！」她低聲對坐在旁邊的朋友說。

四百年前，英國探險家 Martin Frobisher 率隊到格陵蘭島探險，發現了愛斯基摩人。其中有一隊長在日記內寫下：「他們看來像韃靼人，頭髮又黑又長，面部寬闊，鼻子坦平，膚色茶褐，身披海豹皮。」

事實上，印第安人也好、愛斯基摩人也好，都不止看來像亞洲人——他們本來就是亞洲人。

《亞洲周刊》文章爲什麼提到前塵舊事？用意簡單，作歷史對比。據他們的說法，亞洲人是到了最近百年才知道原來自己是亞洲人的。古希臘人眼中的亞洲，是任何黑海以外「野蠻人」聚居的地方。這個「見外」的傳統，日後被所有歐洲人繼承下來，凡是與歐洲格格不入的東西，都是「亞洲的」。如果說歐洲是國富民強，那麼亞洲是貧窮落後，以下如此類推。

可是這個形象今天逐漸改變了。

美國 Heritage 基金會的 Roger Brooks 在其新書力促布希總統調整九十年代的美國對外策略，把重心由歐洲轉移到亞洲。

剛退休不久的美國海軍上將 James A. Lyons 以潛力和貿易額作預測，說下一世紀將是太平洋地區國家的天下。

墨西哥新總統 Carlos Salinas de Gortari 對明日亞洲的投資，做得比誰都徹底：他把自己三個兒女都送到墨西哥市日本人開辦的學校去。

今天說「亞洲第一」，當然有點誇大，但無可否認的是這十多年來日本和亞洲四小龍在經濟上取得的成就，使種族優越感極重的歐洲人和美國人，不能不刮目相看。因勢利導，《亞洲周刊》所標榜的亞洲人的成就，也是以經建爲中心。亞洲有的是文明古國，但令歐美人仕耳目一新的，是強勢的日圓、韓幣、臺幣、星幣，而不是佛教和儒家哲學有什麼值得他們景仰的地方。

強勢經濟有利不三不四的文化輸出，如英美的搖滾樂、好萊塢式的人生價值與趣味。以今天日本的商業勢力範圍看，輸出什麼都舉重若輕，但若論文化輸出，還得要步英美後塵一段日子。

不單日本人在這方面吃虧，俄國人、法國人和德國人照樣吃虧。道理在那裏?說來簡單，文化輸出要依賴語言作媒介。大不列顛的國旗，因其殖民地曾遍佈各大洲，的確有過國旗無落日的紀錄。英國國勢衰頹後，美國接手成爲外國留學生的大本營。

自二次大戰結束後，英語已取代法語爲國際語言，也就是英語爲本位以外的國家的政界、商界和知識分子的第一外語。這是英國和美國多年經營得來的一筆日本人無法覬覦的資產。

美籍黎巴嫩學者 Edward Said 名著 *Orientalism* 出版後，深得「第三世界」同行的共鳴，因爲他指出的，都是沉痛的事實。曾經一度是世界文化搖籃的中東國家，今天科技不如人不必說了，最難堪的是習阿拉伯語文與文化的學子，受完了大學教育，要想繼續深造

「阿拉伯學」，卻要遠渡重洋到英、德、法這些國家的研究院取經。這些人學成歸國，要不是變成狂熱的民族主義者，就是個小英國人、小德國人和小法國人，看問題和作價值判斷，處處以西方那一套爲依歸。

Said 的話，言之成理，但最少在短期內誰也無能力改變這個事實，包括經濟大國如西德、日本在內。英語世界輸出的，還是強勢文化。《朝日新聞》影響再大，也僅及日本本土和外國少數可直接唸日文的知識分子。

《泰晤士報》和《紐約時報》這類報紙，或《時代周刊》這類雜誌，立場不一定比 *Le Monde* 公正，內容也不一定充實，可就佔了語言媒介的光，影響力無遠弗屆。不說別的，就拿廣告作例子好了。一九八九年元月十五日《紐約時報》的周日書評有一新書廣告，*The Boy Who Couldn't Stop Washing: The Experience and Treatment of Obsessive-Compulsive Disorder*(不斷沖洗自己的孩子，執迷衝動偏差症的經驗與治療)，作者 Judith L. Rapoport 爲精神病學專家。

什麼叫「執迷衝動偏差症」呢？在作者的醫療例子中，有一發育期中的男孩子，每天花上六小時洗擦自己，因爲他老是覺得身上不乾淨。究竟這孩子犯了什麼毛病？廣告當然沒有說出來，我們也不必瞎猜。另外提到的病例計有：一個每次開車必會撞倒行人的漢子；一個要左右兩邊眉毛完全對稱，結果把眉毛完全拔光的女人。另外還有：如果你有常常檢查煤氣爐是否關了的習慣，你不是什麼異數，因為有人「執迷衝動」到一天檢查數百次。

據廣告說，染上這種偏差症的患者，在美國有六千萬人。由於「執迷」偏差症不像愛滋、癌和心臟病這類一號殺手，傳播媒介鮮有報導，但如果每次駕車失事背後的原因都是「執迷衝動」併發症引發出來的話，還會有人敢在馬路上行走？

許是這緣故，廣告譽此報告為劃時代之貢獻。

我們不是醫界中人，無由置喙。但從此刊於《紐約時報》的廣告中，我們可得若干有關「強勢文化」的聯想。我們假設世上「有識之士」都有看這報紙的習慣。也假設這些讀者中，若不是自己、就是在家人或朋友中有這類病者。結果可想而知：先航購這本書來看，然後說不定就首途赴美就診。

這類病症應該不是美國人所獨有。德法日俄這些「先進國家」，說不定早有發現，早有專家為文在醫學學報上發表了。問題是：這些國家的文字一來不及英文那麼世界性，二來學報文章是專家寫給專家看的。

「心田先祖種，福地後人耕。」由上面這一個例子，可知大英帝國本身雖然江河日下，留給美國子孫的，卻是得天獨厚的遺產。英語世界積聚下來的強勢文化，不是任何國家一時可以取代的。前年冬天訪問以漢學名於世的萊頓（Leiden）大學，一查資料，發覺此校的漢學博士論文，十之八九都是以英文寫的，其次是法文和德文。後與荷蘭學者談起來，他們一語道破；用荷蘭文寫，除了指導教授和將來的學妹學弟外，實想不出誰還會對此冷門文字寫成的冷門論文有興趣。言下之意，想是像荷蘭這樣小的國家，人民生下來就得準備做國際主義者。今天常見用來指責南非政府執行 apartheid（種族隔離）政策者，這個字原來是荷蘭文。

中國在「天朝」盛世時，漢文化曾令異族臣服過，但我想在朝鮮、日本和越南這些地方，能用漢文交談、寫信作書的，在庶民中絕無僅有，那像英文今天那麼霸道？以人口論，今天每四個人開口說話，就會聽到一個中國的聲音，聲勢確是浩大極了，但中文離開中國本土外，就大打折扣。要是中文像英文那麼「強勢」，而《人民日報》又有像《紐約時報》那麼多外國訂戶，在上面登一些異能氣功報導與治病例子的廣告，必會增加外滙收入。

到了二十一世紀，帝國主義和軍國主義相信會銷聲匿跡。像英國人和日本人那樣在殖民地推行皇民教育的日子，已一去不復還。比我們老一二輩的讀書人，有人爲了心儀托爾斯泰的爲人與著作而發憤讀俄文，爲了讀莎翁原著而唸英文。這些癡人，下一世紀恐難再找了。

日本人要給自己創造強勢文化，唯一可行的辦法是打經濟牌：「你不學好日文，休想到本公司工作！」

高麗棒子呢？「你不學韓文，不給你代理三星和現代的榮譽出品！」

我們自己呢？希望到了二十一世紀有各種大突破，讓老外感覺到，不識中文，愧對天地。

以目前形勢來講，倒沒有什麼可以耍出來的胡蘿蔔與棍子教他們好好的學方塊字。總不能對人家說：「你不懂中文，不讓你登長城充好漢」吧？

魔幻寫實

近讀千家駒老先生大文〈不幸射中這篇《政治臺詞》：讀李鵬文《政府工作報告》〉，深覺經濟學者和文學家同樣天賦異秉，對中共問題有洞燭天機的能力。

這從何說起？先看千家駒的文章。

原來在全國人大開幕前，千氏在某一場合對中共的工作報告作過預測。他說雖不知道李鵬將要報告什麼，但據他的估計，報告的基調大致不會離開這些範圍。譬如說，肯定六四鎮壓學生運動的正確性；不受外國勢力威脅；重新堅持社會主義的共產黨的領導。這叫「挽狂瀾於既倒」、這叫「做中流的砥柱」云云。

千氏還估計李鵬一定會提到「治理整頓已經初見成效，物價上漲明顯低於上一年（一九八八年）。但經濟困難還是不少，號召人民再過幾年『緊』日子」，等等。

李總理長達二萬八千餘字的報告出來後，千氏發覺基本上都說中了，更可圈可點的是，連辭句都有驚人雷同的地方。「挽狂瀾於旣倒」和「中流砥柱」等都先後在報告中出現。千氏說這並非表示他有什麼先見之明，而是在目前中國的情況下，這種「工作報告」只能這麼寫。請那些「文膽」或「秀才」來捉刀，還是改不了非唸不可的八股。

千家駒先生閒時不知有否涉獵文學作品？湘人韓少功以半文言體寫成的〈史遺三錄〉，內有「秘書」一則，他老人家看了，定發會心微笑。文長千把字，說某公社秘書何某，年逾四十卻具童音，尖細清潤，莫辨雌雄。遇公社演樣板戲，何某受後生慫恿，每於臺後爲角色配聲，生旦淨丑一人包辦。

平生憾事，以報導公社偉跡稿件鮮爲報刊電臺錄用而已。「頂頭上司臉上常有慍色，何某偶有察覺，裝着不知。」

何某自覺文采不遜同行，爲何旁人上稿頻頻，而自己文章「一無可取」？苦思之後，大徹大悟：同文「捷報」，以快取勝！

一念及此，改轅易轍。適逢婦女節將屆，公社立意移風易俗，舉辦青年集體結婚。「何某立卽以此爲題，提前五天描述某大隊結婚盛況，青年爭表決心云云，老農深有感慨云云，一致擁護一致要求云云云云。何某一式五份，逐一加蓋公章，興沖沖分寄報刊電臺以及縣府。」

首長過目，大不為然。何物秘書何某，既作報導，就應寫實。大會未開，集體結婚名單上俱屬金童玉女，何來先發制人報導百年好合詳情，立意崇洋媚外，師法南美魔幻寫實之風乎？

層峯因是朱筆一批：何某你你你得深入羣衆，實地採訪，實是求是，實驗是檢視眞理唯一的標準，切記切記，以正風氣。

何某得令，暗叫罪過罪過，決心改過自新，「驅動福體，一路方步搖下隊去」。誰料人間事，眞有不可思議者。細察結婚大會前後內外，似舊地重臨，似曾相識，與自己原稿所述，無不吻合。標語如「晚婚學大寨，結紮學昔陽」之類，更一字不悖。

秘書將原稿覆閱再三，發覺字字珠璣，一分不可增減。「終使部長有口難言，何某為此更得意多年。往後索性分門別類預先製作報導一批，省得臨時忙手忙腳。」

因贊曰：當今總理李某在發跡變泰（亦偶作態）前，曾路過某公社，巧遇這位「矮胖白淨，肉背厚重豐實」之何某，聽其清音，頓生惺惺相惜之意。對其料事如神之異秉，更其器重。自己飛上枝頭作鳳凰後，即把何某羅致上門，以「秀才」之禮遇之。據聞李某一九九〇年在人大唸唸有詞之工作報告，即何某手筆。更鮮為人知之事實是：此報告早於一九八八年五月底殺青，也就是說，早在北京民運發生前一年，何某早已寫好像「挽狂瀾於既倒」和「做中流的砥柱」這類擲地有聲的句子，只是一直冷藏於自己的抽屜，連知音的李某也不識底蘊而已。

何某慧眼通天，預知屠城前景，不足爲怪，只是爲何在事件發生前一年就做好文章？這也不難解答。看官，前面不是說過，他任公社秘書時早有「索性分門別類預先製作報導一批，省得臨時忙手忙腳」的習慣麼？像何秘書這種能生旦淨丑一人包辦的人才，席不暇暖，各種報告若不早日擬好，那有光陰玩票？

何秘書硬是要得。他的一舉一動，不可等閒視之。那一天香港和臺灣的電臺若有他出現的鏡頭，不必發表什麼聲明，吾人可知他恩公李某氣數已盡。樹未倒而猢猻先散，也是氣數使然。何某一離香港，自有美國中央情報局的探子護送到白宮，給布希總統做中國「國情」的秀才。據說他已擬就給布希發言時參考用的，針對中國局勢因應鄧小平逝世劇變「天眼」寫出來的臺辭。

白宮幕僚，一向嘴巴不牢，早有小道消息傳出，鄧老小平，非死於癌症、亦非中風、亦非心臟病發。實情是，他老人家於一九九〇年諸聖節那天晚上，睡下不久，即昏然入夢，涖臨天安門廣場，左顧右盼，自念雄姿英發，氣象不下歷代帝皇。誰料正自鳴得意時，忽隆然巨響，四方八面而來。不看猶可，一看之下，即覺尿道失控，撒了一泡。原來東南西北都湧出了坦克，開足馬力向自己衝來。鄧小平同志暗叫一聲不好，隨即運動中氣呼道：「格老子的，我是……我是軍委會……前軍委會主席呀！」

據說小平同志在夢中一連叫了多聲「格老子」的，才撒手歸去。

此事實情如何？等今年諸聖節自有分數。

壯志未酬人亦苦

在越戰停火前十年開始，范全安（Pham Xuan An譯音）即受僱於《時代周刊》，是深受器重的記者。可是他的編輯同事有所不知的是，他是個河內的間諜。

這是一九九〇年三月十一日《紐約時報雜誌》編者所加吸引讀者看下去的「眉批」。原文的題目是：〈河內的間諜〉，作者是CBS電視臺「六十分鐘」的一位主持人摩利·蔡弗(Morley Safer)。隨着越南和美國的關係解凍，蔡弗乃於去年元月率隊到何志明市製作一特別節目。蔡弗跟范全安原是舊識，乃在返美前的一天（一月二十五日）以姑且一試的心情要求看看故人。

令他大出意外的是，范全安通知聯絡人傳話，說當晚就等候他過訪。

這一段越美關係小插曲，對中國讀者有沒有什麼特殊意義？我看有的。因爲在這位越南知識分子的身上，我們看到當年中國知識界的菁英，爲了國家主權的完整、民族的尊嚴而

「投共」、「附共」相近的心路歷程。

蔡弗問他怎麼當起河內間諜來的。

「那再自然不過了」他說：「一九四四年日本人還在這裏，我和班上許多同學都參加了越盟。這沒有什麼選擇，因爲我們都是愛國分子。後來法國人回來了，沒有什麼眞實的改變，改變的是敵人的稱呼。我實際開始工作的是一九六〇年，那時我是路透社的記者。……」替《時代周刊》工作時，他的官階是上校，雖然他從沒穿過制服，或攜帶過武器。

范全安面目清癯，戴着深厚的眼鏡，穿着白襯衣，說話文靜斯條，像個學院中的詩人。蔡弗覺得他是個有節操、有尊嚴的人。他知道范仍是個忠誠的共產黨員，但自己卻不以共產黨人來看他。這有沒有矛盾呢？以他看來沒有。因爲范不過是個他少見的正心誠意的愛國分子，因爲歷史形勢的需要才參加共產黨。

美國軍眷撤退越南時，《時代周刊》給他和家人安排了班機，但他太太和孩子走了，自己卻留下來。

「你爲什麼不一起離開？是不是要看到劇終？」

「也許是吧，」他說：「我知道局外人很難了解，可能我自己也不一定了解，因此不容易說得清。我只知道一件事：得把外國人趕走，包括我自己最喜歡的外國人。也許我以爲自己留下來會對重建祖國有幫助。……」

他留下來的另外一個原因可能是爲了他的母親，年紀太大，又有病在身，走動不便。

蔡弗因此省悟到，祖國和母親都是范全安效忠的對象。爲了效忠，他不惜捨棄自由。越南「解放」後的一年，他在「營」中渡過。那不是勞改營，只是思想教育中心，專爲曾經跟美國人「親近」過多年的同志而設，怕他們受了「汚染」。

談話中，蔡弗單刀直入的問：「革命爲什麼失敗了？」

「原因很多」，范全安答道：「因爲無知，所以犯了許多錯誤。就像其他革命一樣，我們稱此爲『人民』的革命，但人民卻是最先的受害者。」

蔡弗想到過去一個星期，晚上走在何志明市街頭，看到成千上萬無家可歸的市民，乃順便跟他提到這點。他聽後顯得有點窘，好像他自己也得爲這種不幸負責似的。

「只要還有人露宿街頭，革命就失敗了，」他說：「負責領導的並不是生性殘忍的人，可是家長式的統治和失了時效的經濟理論帶來的惡果，實在等於殘忍。」

「你這麼口沒遮攔，不怕麻煩麼？會不會有危險？」

「我的感覺如何，大家都清楚，沒有什麼秘密可言。在阮文紹執政的時代，每個人都知道我對那些強盜的反感。人老了，改變不來，」他笑着補充一句：「也老得不想閉嘴。」

「改革的情形怎樣？我的感覺是好像有些轉機了，是不是我的想法錯了？」

蔡弗有此一問，原因是在一九八七年中越共決定調整經濟政策，有限度開放工業民營。

范全安答嘴說：「你的想法沒錯，只是樂觀了點。我只希望這些改革代表對整個結構作出誠意的通盤估計和重整。也許我悲觀了點，這是在這國家裏很容易傳染的症候。」

「可是人民，尤其是南部地區的，對改革反應之熱烈，領導人總不會笨得看不出來吧？」

「人民的反應！這正是我痛心的地方。區區兩三個經濟改革公佈後，他們就快活得如醉如痴！見微知著，你想想，如果這鬼國家的人民不但可以免於戰禍，而且還享有自由，會是什麼一個樣子？」

「他們還監視你麼？」

范全安點點頭，說：「就像阮文紹時代一樣。不過現在他們監視我，是出於習慣性而已，並非要想探聽到什麼秘密。我的一切他們已瞭如指掌。」

「他們會不會讓你離開越南？」

「這我可不知道。而且，我也不知道自己要不要走。我倒希望我的兒女能到美國讀書。」

除了蔡弗和范全安外，當晚在范家作客的還有「六十分鐘」節目的製作人 Patti Hassler。蔡弗覺得既要跟同行的老友談話，不應帶着錄音機或用記事簿作筆錄。可又怕將來書出版時「口說無憑」，因此帶了位第三者到現場「作證」。

三人喝一瓶白馬牌威士忌，快點滴無存了。蔡弗突如其來的問：「現在你已看到革命的成果，你後悔以前的作爲麼？」

「我眞討厭這問題，」范全安說：「我自己也問過這問題千百次了。可是我更討厭的是答案。不，我不後悔，因爲我非做不可。不錯，我們以血肉換取得來的和平可能使這國家癱瘓，但如果戰爭不止，國家就毀了。我雖然愛美國，但美國人不能留在這裏，我們非得趕走不可。自己的地方得由自己去清理。」

蔡弗也承認范全安的選擇是自然不過的事，因爲間諜不同於叛國者。以范全安的立場看，如果當日他效忠的是阮文紹政府，那就形同叛國。

他們從晚上七時聊到九時多，是告辭的時候了。范全安送客到汽車旁邊，蔡弗忽然福至心靈的對他說：「你親嚐過雙重生活的滋味，幹嗎不寫回憶錄？不但精彩，而且一定很有價值。」

范全安脫下眼鏡，舉頭望天，然後帶着憂傷的笑了笑說：「我當記者那麼些年，沒有誰告訴我要寫什麼。不論在路透社也好，《時代周刊》也好，從沒有人因爲我寫的文字責難過我。我這把年紀，還得重新學規矩，研究何者說得、何者說不得，太晚了。我的筆墨生涯恐怕一去不復回了。」

范全安今年才六十一歲。

《紐約時報》刊出這節訪問，採白蔡弗下月出版的書：《倒敍：重遊越南記》。

本文題目衍出石達開詩句，原爲「我志未酬人亦苦」，下接「江南到處有啼痕」。

聞其聲・食其肉

不看臺灣報紙，本人不知世上有娃娃魚。更不知道這是咱們國寶的一種，列入 endangered species, 瀕臨絕跡於人世的生物。

也許娃娃魚名不虛傳，極具靈性，雖棲身於雲南一帶的山溪間，也感到六四屠城之恐怖，怕「城門失火」，殃及自身，因此一聽說臺灣的有錢人非常看得起自己的娃娃臉，掮客一到，就自動束手就擒，投奔自由去了。

誰料魚算不如天算，有錢人辛苦把自己走私運來，存心不良；他們並不是打算拿自己來「觀賞」的。如果不是官兵硬是要得，把一百九十四名娃娃解救，早上刀山油鑊去了。紅燒？清蒸？總之不忍想像就是。

雖說官兵及時出手救了百多名娃娃的性命，但仍有漏網之魚。桃園市不是轟轟烈烈的舉辦了一場「國寶娃娃魚大餐」麼？娃娃長一公尺，重十五點五斤。身價若干？四十萬臺幣，也就是約莫一萬六千美元、十三萬港幣。

這是「別開生面」的大餐，不知食客多少。要是筵開四五席，那麼每人吃嘗到點魚腥味，已算運氣。娃娃魚眞有滋陰補陽、返老還童之功的話，筷子沾了點魚腥，大概大不了也不過多活三兩天，或是使性無能的人起了那一點兒欲奮無力的青春。

來嘗禁臠的客人，想來不完全是爲了「補身強種」。活的娃娃魚身價百萬，自然有其不同凡響的來頭。據說這種怪形異狀的娃娃，比紅龍更有移時轉運的功能。誰擁有這「國寶」，否極泰來。行將破產的公司，起死回生；手上的股票，節節上升；貪官汚吏、巧取豪奪之徒，一帆風順。

不論是爲了「補身」也好、轉運也好，娃娃魚之所以能成爲臺灣社會一種「現象」，都是「股票文化」的併發症，絕非孤立例子。小康之家期望一朝發達；千萬富翁要變億萬富豪；億萬富豪企望長生不老，睪丸有射不完的精子。簡單說一句——貪念綿綿不絕。

比起吾國傳統文化來，西洋人對補身之道眞的一竅不通。採陰補陽甭提了。這是個什麼時代？話未出口，想已被娘子軍置諸死地。還精返腦？是不是恐怖了點？腦袋瓜進了精液，豈不成了臭皮囊？還有什麼能力「反思」？

西洋人也笨得不知以形補形的精髓。豬牛羊屠房裏的殺手，鞭不論長短大小，看了都覺惡心。說時遲那時快，中國人「補徒」看作命根子的東西頓成廢物。鞭不提也罷，說說我們崇拜了千多年的人參吧。韓國產的也好、長白山的也好，他們都拿到化驗室去搞科學分析，就是看不出這些「草根頭」有什麼固本培元的價值來。東方人相信這一套？成，他們就在苦寒的地帶種植「西洋參」，賺些外滙。

中國人以口進補。老番延年益壽，只靠身體力行。路滑霜濃，你看到他們晨跑。溽暑迫人，他們也操練不倦。大汗淋漓，一副苦哈哈的可憐樣子。

他們信不信運程？信啊。你聽說過雷根夫人南西女士禮延方士夜觀星象的故事了？夫君那一天忌遠行，那一天不能接見名字帶有雨電聯想的賓客，以免名字相沖，犯了劫煞。

可是從沒聽過老外靠嘴巴來轉運的奇聞。「男兒嘴大吃四方」，一個人「吃得開」，面子也大。「吃不開」，藉藉無名，潦倒終生，這也許是中國文化深層結構頗具眞理的一面。

凡能吃下肚子裏的東西，中國人海陸空一視同仁。市場能買到的，不論多貴，在有錢人看來一點也不希奇。爲了滿足豪客「要嘗鮮」的心理，食肆中人千方百計網羅「野味」，什麼穿山甲、果子狸都難逃劫數，給人家祭五臟廟去了。

「野味」之矜貴，因爲得來不易。穿山甲此物連山都可以穿，肉質是否可口不必計較，其獨特「滋補」功能應無問題吧？吃了有穿山力量的動物，以壯自己的陽，其樂無窮。

男人愛吃野味，想與獵艷心理相同。因此，若能陪同外遇舉杯共嘗野味，倒是人生難得的機緣，不亦快哉。

天安門屠城事件發生後，外國人看了電視上血肉淋漓的鏡頭，覺得咱們中國人是個野蠻的民族。我們聽了，不服氣的大可振振有詞的說：「那些劊子手不是中國人，是共匪！」

說中國人殘忍，當然是片面之詞，因爲凡人都有殘忍本性。希臘神話與悲劇，就有人吃人和母親手刃兒女的故事。不過，從「吃的文化」來講，中國人之「殘忍」，歷歷可數。不說生吃猴腦這種事，因爲我希望此說僅屬傳聞。但香港街上不少海鮮店，愛用「生劏」兩字作招徠。什麼「生劏大青衣」之類的紅條，使人想到武松「生劏潘金蓮」這個傳說。

魚類標明「生劏」讓食客食指大動，那麼，植物呢？也突出了「生」字，如「生曬龍眼乾」。生劏生曬都是凌遲處死變相的說法。

《二刻拍案驚奇》有〈仙境無緣〉一故事。入話一段讀來驚心動魄。話說有一慕道老翁，一日巧遇老道過訪，老翁加意招待。幾番叨擾後，老道要報答他的恩情，請他到山居吃「幾味野蔬」。

老翁到了山居後，道人請他稍坐，自己到外邊再請幾個「道伴」來一同享用「野蔬」。道人久久不回，老翁腹饑如雷，乃走到厨房找東西吃。誰料厨房鍋竈俱無，只有兩個陶器水缸，用笠篷蓋著。

老翁揭開一個來看，大吃一驚，原來裏面浸著一隻雪白的小狗，毛已經拔淨了。揭開第二個，這一驚更非同小可。裏面浸著的是一個小小孩童，手足俱全，只是沒氣。後來道人和他的「道件」回來了，邀他「用餐」。

老翁答道：「老漢自小不曾破犬肉之戒，何況人肉！今已暮年，怎敢吃此？」餘事不必細表，只聽道人後來嘆氣向他解釋道：「此乃萬年靈藥。其形相似，非血肉之物也。如小犬者，乃萬年枸杞之根，食之可活千歲。如小兒者，乃萬年人參成形，食之可活萬歲……」

所謂「仙境無緣」，其理在此。但在我們看來，老翁人性之一面，正是他不忍之心。他比那幾個故弄玄虛的老道可愛多了！

娃娃魚原名「中國巨鯢」，據說晚上叫聲像嬰兒，因此得此「俗名」。當初給此魚取娃娃名的人可沒想到：若叫「巨鯢」，不會給他們惹上殺身之禍。什麼不好叫，偏叫他們娃娃魚，引誘人家去生劏？「聞其聲不忍食其肉」。魚長得像人樣已經不幸，還作人聲。殺人犯法，吃魚的人是消費者。

聞其聲，食其肉，這樣才刺激、過癮。至於此魚是受保護的品種，更不必介意。敦煌古物早有牛道士拿去換來洋鈔，眞正國寶都可以放棄，何必假惺惺去維護這些冥頑不靈、拒絕進化的「低等動物」？

民以食爲天，沒有比吃更能保存吾國的固有文化了。

口腔文化的反思

美國中西部時間一九九〇年五月十八日下午五時半，ABC電視臺播出了華特絲(Barbara Walters)在北京訪問江澤民的片段。華特絲問江總舵主，六四鎮壓民運學運快到一周年了，他有什麼感想？「領導人」有沒有悔意？

江主席的答辯通過翻譯，有些字眼聽得不太清楚，不過大意想不會走樣。總書記說鎮壓沒錯，因爲別的國家面對相同的局面，也一樣會以武力平息，不過中國政府的手段也許過於激烈。他意思是說，北京出動的，應是防暴警察，而不是軍隊和坦克車。「這一點，我們得向西方國家學習」，江澤民說。

江澤民還趁機數落了西方媒介，特別是美國，「顚倒是非」以達反華媚衆的不是。

說來說去，黨中央對天安門事件的處理，沒有錯。既然沒有錯，何來悔意？

華特絲是老牌記者，向以快人快語知名。但她作這個訪問前，應該心裏有數。身爲一幫的總舵主，說話怎可以離經叛道？「君子之過如日月之蝕，人皆見之」。既然人皆見之，光明磊落承認好了。問題在這青紅幫中，縱有君子，早被鬪垮鬪臭了。

六四屠城以前，國內「反思」成風。既覺得有反思的需要，多少包含知過能改的動機。廣義言之，這也是劉再復所說的民族良知與懺悔意識感同身受的體現。可嘆的是，有反思習慣的人，多屬書空咄咄的知識分子。指揮槍桿的「人瑞」、腦袋早已鈣化。前景無多，大限難逃，有生之年，念念不忘的是當年延安窰洞摸黑的歲月。劉賓雁在剛出版的《告訴世界》(*Tell World: What Happened in China and Why*) 說對了，這些「好漢」辛苦打下來的江山，怎肯因爲毛頭小子的叫嚷就拱手讓人？

這也是「中國文化的深層結構」，少看兩本書，也摸不到其中底蘊。

反思這種心靈活動，平日瀏覽典籍，稍帶「批判」精神，也會略有所得。我唸的是文科，合該從文史中取例子。《史記‧豫讓傳》大家耳熟能詳。豫讓要爲智伯報仇，千方百計欲刺趙襄子而未果，束手就擒時，襄子問他：「子不嘗事范、中行氏乎？智伯盡滅之，而子不爲報仇，而反委質臣於智伯。智伯亦已死矣，而子獨何以爲之報仇之深也？」

豫讓曰：「臣事范、中行氏，范、中行氏皆衆人遇我，我故衆人報之。至於智伯，國士遇我，我故國土報之。」

豫讓這幾句話，傳誦千古，他亦因此得義人之名。

但我們今天以局外人眼光看，豫讓的風範，值得商榷。豫讓與智伯的關係，全繫於「報」的觀念上。也就是說，這種關係不是通過道德考慮的，因此旣主觀而又狹窄。如果智伯是「大好人」，而趙襄子是「大壞蛋」，那麼，豫讓行刺得手的話，可說是兩全其美。在公言之，這是爲民除害。在私言之，這是報智伯知遇之隆。

但如果事實剛好相反呢？豫讓豈不是因一己之私錯殺無辜？他這種心態，細細想來，非常可怕，因爲他的是非標準，完全建立於「授」與「受」的私人感情上。

司馬遷這篇傳記，對中國文化、社會與政治的影響，不絕如縷。「你辦事，我放心」和「我請他組閣，因爲他對我忠心耿耿」都可說是豫讓價值觀的餘緒。

要對今天香港和臺灣社會窮奢極侈的口腹文化反思反思，舊小說有的是資料。有錢人吃東西，除了要嚐鮮「因此愛「野味」」，還要益壽延年。現在給你說一個再「野味」不過的故事。包公案中有〈玉面貓〉一篇，說清河縣有秀士施俊，妻名賽花。某日施俊上京考試，其妻不幸被西天下凡的五鼠之一化身姦宿。眞施俊被鼠怪下藥昏迷多日，醒來時科場已散，只好打道回府。

眞施俊回家遇着假施俊，兩人一模一樣，連雙棲雙宿多年的夫人也分辨不出來。一妻不能事二夫，最後只好投訴官府。誰料另一鼠精搖身一變，化成官爺，於是現場又出現了眞假官爺。層層上訴的結果，鬧到皇帝殿上，還是弄不出結果來，因爲殿上出現了兩個仁宗。最後出動了包公，也無濟於事。包公有兩個，那一個說話作準？眞包公不得已，只好上天求助。

玉帝遣玉面貓下凡，不消說，五鼠隻隻被咬得現了原形。現在請看引文：

包公下臺來，見四個大鼠，够長一丈，手脚如人，被咬傷處盡出白膏。包公奏道：「此盡人精血所成，可令各衙軍宰烹食之，能助筋力。」仁宗允奏，勅令軍卒抬得去了。

以「深層結構」的角度看，這段文字可圈可點。包龍圖在我們的印象中只是個鐵面無私的父母官，倒未聽說過他是什麼美食專家。他奏請仁宗給軍士「加菜」，大概只是看重此「野味」的「營養價值」。但不管其用心如何，其「深層結構」的訊息一樣發人深思。連包公這種「化外高人」看到鼠屍，第一個反應居然是「吃補」，那我等凡夫俗子豈能例外？

鼠不但成了人形，且體內「盡人精血所成」，這種「混凝體」還吃得下口，豈非同類相殘，與鼠輩無異？白娘子和小青被法海和尚收拾後不作蛇羹和青燕石斑，也是靠了出家人一念之善。此乃異數。

吃補乃人之天性，要生存下去，爭取營養理所當然。洋人現在多吃水菓蔬菜，少吃紅肉(如牛肉)，也是爲了「吃補」。不過人家「補」得不像我們這麼「不計形狀」。

食色性也。從國人的「房中術」，也可看到我們自私和殘忍的一面。這題目不好多說，僅可點到爲止。相傳以前行將就木的富家男子，爲了延年添壽，斥資收買窮家閨女，夜夜同襟共枕伴君眠，擁着少女的青春，「滋補」自己弱似柔絲的陽氣。

又有「忍精」說：與婦人交，如能忍精不洩者，可「還精返腦」，袪病延年。

你看這是什麼心態：既要風流快活，又不肯「犧牲」，除了獨善其身，「擁精自肥」外，還有什麼解釋？合體本應交歡。一心念着要「還精返腦」，女體就成了「禍根」，交歡變了交鋒。

我們讀聖賢書，其明智、理性、眞誠的部份當然要頌揚，但陰暗面也千萬別略而不提。司馬遷述豫讓行跡，就當時的社會風氣言之，可能是天經地義的事。但我們在兩千多年後看這位刺客，應自有新的評價。我們若要建立法治社會以取代人治政權，豫讓這種人是個負數。

美國批評家布斯(Wayne Booth)在一九八八年出版了 *The Vocation of a Teach-*

er（《教師的職守》），語重心長的說，教師這一行業，注定要影響學生的思想和心態，進而改變他們的生活。

也許我早年唸的是西洋文學，轉行授中國文學後，對表現於文學作品中的中國文化的陰暗面特別敏感。六四事件發生後，我更深深的感覺到，我們若要好好的反思一下中國和中國人遲遲不能現代化的問題，傳統文學儘可提供好些寶貴的資料。像鄧小平、楊尚昆這些劊子手，不是什麼馬列主義的信徒，我們別讓他們騙了。他們是中國文化「深層結構」中帝皇思想的復辟。如果二十世紀的今天仍有鼠精下凡，給玉面貓救了，他們準會搶先分一杯羹，用紅辣椒文火攻之，以壯筋骨，好多作還精返腦的勾當。

靈感之泉源

我想凡是有過出版紀錄的人，都會在公開或私人酬酢的場面中，遇到對創作這行業有極大好奇心的人問長問短。這裏既明言創作，當然排除學術著作，因爲我相信一般讀者好奇心再大，也不會在茶餘酒後問余英時《中國知識階層史論》的寫作過程。

這一類學術文章，識者不問。通常被讀者苦苦相纏的只有暢銷作家。「您一天寫多少時間？一個鐘頭可以寫多少字？你在《倩影留痕》處理師生戀愛，結局出人意表，究竟怎樣想出來的？你寫作時有什麼特別的習慣？譬如說，站着寫？躺在床上寫？」

看來不受青睞的不單是學者，連詩人、劇作家和散文家也不會得到讀者的垂注。

讀者對知名小說家的寫作習慣和私生活感到興趣，想是中外皆然。英國多產小說家費德曼(Rosemary Friedman)女士在一九八九年元月十五日《泰晤士報》周日書訊欄寫了一篇自白，談的正是被西方讀者「搜秘」的經驗。

費女士說作家參加酒會飯宴時，若天眞得向人承認自己寫作爲生，那麼話匣子一打開，鮮有不遇到這類幾近公式的問題：「你爲什麼選擇寫作爲生呢？你寫一本小說要多少時間？你是否每天寫？還是等靈感來了才下筆？你會不會把眞人眞事安排在故事內？你的橋段那裏來？」

費女士一定煩死了。她說這些人準以爲，只消添置鉛筆紙張，或現代化一點的，一個電腦；只消像托爾斯泰一樣身上擦滿法國香水，或跟愛倫坡一樣與貓同眠，就可以做作家。

依費女士的說法，富有文采的作家不一定擅於辭令，可能因爲像舞蹈家一樣，他們選擇了一種無須說話也可與人溝通的職業。像以《羅麗坦》一書知名的 Nabokov 就這麼說過：「我的思想像天才，寫來像個有成就的作家，可是說話卻像小孩。」

那麼作家爲什麼選擇寫作爲生呢？費女士說你可以立志當醫生或牙醫，但在你立志當作家前，你的潛意識早替你決定了。費女士的話說得客氣，我們翻譯過來是：沒有當作家的慧根，立志也沒有用。

作家寫作的動機，有多種不同的說法。福樓拜爾寫作，因爲這過程可以幫助他忍受人生之荒謬與無聊。濟慈寫作，以消解難以忍受的現實。費女士自己的看法是，作家也不一定知道寫作的原因，不過人家既然問起，不得不找些理由作答而已。

接着費女士談到自己個人的經驗。她說她每天寫作，但極同意 Anthony Trollope 的說法：一個人能每天實實在在寫上三小時就不錯了。其餘時間呢？用於打腹稿，因此不必三個小時坐下來，以一小時咬鉛筆頭，另一個小時看天花板揣摩寫些什麼，怎麼寫。

故事的構思怎麼來？她說任何「老手」都知道，在寫作過程中，往往是橋段突出奇兵，掌握了作家。靈感之所以是靈感，無非是來去飄然，捕捉不得。只有靈感來找你，你是不能找靈感的。

最令她難堪的是「你的小說講些什麼？」這類問題。她說這類人之蠻不講理，猶如她告訴人自己住那一類的房子還不夠，一定要挖下一塊磚頭來給他們看才滿足一樣。小說自然是觀念與見解的形象化，如果三言兩語交代得清楚，那還用寫小說？在廣告上給讀者介紹此書「哀感頑艷，纏綿悱惻」，說了等於沒說。

費女士的作品有沒有穿插眞人眞事？她沒有直接作答，但指出一般作家描寫人物時，都愛用假托的方法。福爾摩斯的假托人物是 Joseph Bell 醫生，但這位醫生不是大偵探。把假托人物言行相貌依樣搬上紙上，不但與小說性質背道而馳，讀者也不見得欣賞。

費女士說她書成時有修改原稿的習慣，但不像《飄》的作者 Margaret Mitchell 那麼徹底：單是第一章，她修改了七十次才定稿。柏拉圖《理想國》的第一個句子改了五十次。

說到產量，費女士平均每兩年完成一部小說。這種速度如何？很難說，巴爾札克一夜成稿四十頁，而福樓拜爾辛苦五天才寫一頁！

費女士的自白中沒有提到版稅收入情形，也許莽撞的讀者問過了，她不便回答而已。但她坦承有過退稿的經驗，也一點不認爲丟臉。不說別的，大詩人艾略特主持的 Faber & Faber 就退過奧維爾《動物農場》的稿。

書名的選擇，也是讀者要「窺秘」的項目之一。費女士說這因人而異。有些作家落筆之前，先想好書名。書名一天沒有定案，一天寫不出來。有些則比較能適應現實，要嘛是列出一些他認爲可用的書名，要嘛是乾脆授權出版社編輯部以市場觀點「巧立名目」。

《泰晤士報》提供了三分之二版的篇幅讓費德曼女士自言自語，在我看來，有點不尋常。是不是該報認識到作家這行業寂寞得可憐？明星歌星稍有知名度，記者拿着相機到處追踪，他們隨便說一兩句出人意表的話，就可作花邊新聞。而作家這行業，卽使拿到了諾貝爾獎，風光的時刻也不多。熱鬧過一陣後，又得回到「靑燈古殿人將老」的荒涼歲月。

不是費德曼提到，我僅知托爾斯泰是《戰爭與和平》的作者，卻不知他老人家寫作時有沐浴於香水氛圍的怪脾氣，說不定香水公司會找他做廣告。可惜的是世上作家雖多，卻沒有幾個及得上托老的名氣。沒有名氣就沒有入花邊新聞的資格。

大概《泰晤士報》了解作家中也有不甘寂寞的，因此給機會費德曼「盡訴心中情」。讀者向作家盡提些外行問題，煩是夠煩的了，但反過來說，如果你著作等身，對方問你名號後，反應大出乎你意料之外，更會令你哭笑不得。譬如說，你自我介紹後他問你：「先生做啥行呀？」

或者是：「哦，久仰！久仰！你的馬經我經常拜讀！」

說來摸清你底子的熱心讀者非常可愛。

鄉音趣聞

我們都知道，國民政府與中共，由於政體與信奉的主義不同，幾十年來大家互相認同的地方不多。但有兩個顯著的例外。第一是臺灣是中國的一部分。而每個中國人，不問省籍，除了自己的方言外，都應努力學說國語，而大陸把國語叫普通話。

這是大好事，值得每個自認中國人的華人慶幸。香港環境特殊，你不能希望皇家政府爲了中國的前途着想而推行國語吧。但隨着政治形勢的轉變，在語言上「負隅頑抗」了近一世紀的「廣府人」，亦有大徹大悟的徵象了。外地來的「上海佬」到百貨公司購物，跟店員坦白招來「識聽唔識講後」，對方說不定馬上改用國語跟你對話——雖然他們說出來的國語，可能聽得你一頭霧水。這不打緊，有誠意就夠了。牙牙學語時「四」、「死」不分，「十」、「是」不明，只要有誠意，日後多練習，總會有暢所欲言的一天。

廣東人說官話，笑話百出，時有所聞。其實，在先天上吃了國語虧的，何止廣東？不說別的，就是沿海的江蘇、浙江和福建，也不見得佔了什麼便宜。京片子聲韻悠揚，大家認同作國語，最少我自己心悅誠服。可是聽說民初討論以那一省方言爲國語時，可能是大家因國父的關係「愛屋及烏」吧，廣東話差點成爲「國語」呢。此事如屬實，側耳傾聽「外江佬」牙牙學語的窘相，倒是一種難得的樂趣。

普通話音質不變，可是「國語」有時因時因地制宜。抗戰軍興，國府遷都重慶。全國軍民，不論你來自大江南北，在四川人眼中都是「下江人」。四川人硬是要得！你在酒樓茶肆跟他們聊天，問他們爲什麼不說國語，答曰：「格老子的，老子講的不是國語，誰講國語？」一個國家的語言，究竟以那一個地方爲準？這不能靠政府明文規定的，只能靠民間普遍接受。以英國做個「旁例」好了。英國人說英文，並非個個標準，鄉音濃重一如「廣東國語」者比比皆是。他們也有「天不怕、地不怕，最怕 Liverpool 佬講官話」的恐懼。

那麼標準的英國口音是不是「皇家英語」？不是，不是。他們的「國語」是英國廣播公司（BBC）播音員說的口音，所謂 Received Pronunciation，相當我們所說的「普通話」。

近閱《泰晤士報》書評（一九八九年元月十五日），內有介紹韓尼（John Honey）教授新書《鄉音無改會礙事嗎？》（*Does Accent Matter?*）一文，讀後令我這個「鄉音難改」的老廣惶恐不已。原來英國的「上流社會」，對一個陌生人的第一個印象，除儀表衣着外，最先注意的是對方的口音。你口音聽來像 BBC 新聞的「複製版」，對你肅然起敬。若是滿口 Cockney，穿着雖是滿身名牌，也馬上淪爲下里巴人！

據韓尼教授調查所得，一般英國人對「國語」溜溜上口的同胞特別有好感，認爲他們智慧高人一等，是天生的領袖人才。這已近迷信，但還有叫人絕倒的：一般老百姓認爲說「國語」的人，看來身裁高大些、容貌出衆些、比一般人愛淸潔些。信不信由你！

幸好英國的國語跟我國的國語一樣，不必天生異禀才能學得來，只須苦心修鍊就是。若是嘴巴的造型與舌頭的位置一定得與凡人不同才學得來，鐵娘子柴契爾夫人就當不了首相。此話怎講？據韓尼教授調查所得，鐵娘子的鄉音原來相當「微寒」，難登大雅之堂。她決定從政後，特地跑去請教「鄉音修理專家」，以過人的毅力與恆心，才「磨」出了今天伶俐的口齒。

不過，事情不能一概而論。在英國人的地方講「國語」受歡迎，換了一個碼頭，就得先視察形勢了。李光耀乃劍橋大學高才生，「國語」說得八面玲瓏。可是，哈，他一在新加坡電視出現向同胞致詞，竟然滿口是土生土長新加坡人的「鄉音」！

你若是新加坡總理，也不在乎英國「上流社會」認不認同你，是不是？

準此，鄉音難改的朋友也不必氣餒。看環境而定，有時舌頭兒轉不過來說的口音，說不定是一筆資產。當然，能碰到「京片子人」報以京片子，碰到同鄉講鄉音，是上上算。

左三年・右三年

接一九八九二月號《讀書》月刊，讀〈編後絮語〉，心有戚戚然。〈絮語〉這麼說：「一位老教授訂了多年《讀書》。去年底，雜誌徵訂，太太問教授說：「你身體這麼虛弱，要經常吃豬肝。現在雜誌漲價，我們只能有一個選擇：吃豬肝還是訂雜誌」？結果，教授不得不選擇了豬肝而放棄了《讀書》。」

這本雜誌在一九八九年漲價百分之七十。今天定價每本人民幣一元八角。對於臺灣讀者而言，這是兩三份報紙的價錢，然而對大陸的讀書人，卻是一個痛苦的選擇：要精神糧食呢？還是物質的滋養？

〈絮語〉中還有令人心酸的話：「這故事誠然使我輩感到有點寒意，但是認眞說來，教授做得一點也沒錯。」

正因《讀書》編輯是讀書人，才會說出這種體己的話。他們當然希望自己及刊物有「高知」捧場，但年老高知不吃豬肝，越來越會變得視茫茫、髮蒼蒼，雜誌送來，也只能視若無覩。

我們知道，大陸經濟自行新政以來，農工界出了些「萬元戶」，但大部分人民，尤其是知識分子，都是通脹後遺症的受害者。出版物漲價，其他民生日用品想也如是，因此老教授的痛苦選擇，恐怕不只豬肝與《讀書》那麼簡單。因爲豬肝也會漲價。我們彷彿已聽到教授的太太對他說：「豬肝也吃不起了。不如打從明天起，你跟隔鄰王小二去學習氣功異能吧，也許管用，補充營養之不足。」

毛澤東是臭老九出身，掌權後對知識分子千番折磨，患的正是潘金蓮的情意結。四人幫倒臺後，臭老九平反了，但相對其他階級，生活並沒有顯著的改善，因有「手術刀不如剃頭刀，原子彈不如茶葉蛋」的悲嘆。

學生輩看到老師皓首窮經，過的還是苦哈哈的日子，慨嘆之餘，覺得讀書確實無用，不如把心一橫，把書包丟掉自營「個體戶」去了。

中共當前的教育危機，在七屆人大二次會議中李鐵映承認了，原因是「不夠重視。」鄧小平最近接見外賓時，也說十年改革的最大失誤是在教育方面發展不夠。「不夠」到那種程度？據報載，「人均教育經費僅十一點二美元，居世界倒數第二。」

《讀書》雜誌的編後絮語和這則消息併著來看，即使對中國前途遠景樂觀的人，一時也樂觀不起來。當然，我們明白改革是全面的，如果單「重點式」的照顧文教界，難免受到厚此薄彼的批評，但「十年樹木、百年樹人」這種淺顯的道理，人所盡知。農經政策失誤，撥亂反正後，十年八年可見新氣象。但要爲國家栽培專業人才，可不是十年八年就可以辦得到的事。

老實說，中共自「建國」以來，從來沒有爲教育而教育過中國的青年。課程編排突出政治，思想重紅輕專，已荒廢了學子不少時間。文革十年以教育之名要的猴戲，更不用提了。想不到自四人幫「粉碎」了以來，「落實」這個那個的口號叫了十多年，新政權還不亡羊補牢，在百年大計事業上急起直追。看來大陸上若干有識之士再三語重心長的說，再不決心整頓中共黨風歪風，中國不到二十一世紀就有「被開除球籍的危險」，證諸目下教育蕭條的現象，實非危言聳耳。

過去十年，大陸知識界和出版界在有限的物質條件下所作的努力，我們既感謝，又敬佩。這種精神，也可在《讀書》的編後絮語顯現出來。他們說自定價調整後，這本雜誌喪失了五分之一的訂戶。「因爲這喪失，可能會使得《讀書》編輯部諸君的菜碗裏少幾片豬肝。當然還不致大害，我們還是有決心，有興趣把它辦下去。」

因爲漲價而不「讀書」，是經濟上的考慮。令人更擔心的是隨著教育水平漸次下降，知識分子相應減少，剩下來的只是粗通文墨的讀者的話，出版界原有的供求對象就會大起革命。不「讀書」的人，不是負擔不起，而是根本沒興趣「讀書」。他們要讀的，可能是不問代價，只求過癮，與學術文化風馬牛的東西。

借用絮語中引用某君的話，大勢所趨，眞是「天要下雨，娘要出嫁」，一點改變辦法都沒有。

少時聽過一支纏綿悱惻的時代曲，大概叫「三年」吧。曲詞不復記憶，只知曲中人替天下有情人道盡相思之苦，「左三年，右三年」痴痴的等，心上人還不來。

諶容中篇小說〈人到中年〉，婉轉描述中國專業知識分子鞠躬盡瘁的辛酸，震人心弦。想來這篇作品跟我們見面也十年了。當年的陸文婷大夫，居住環境和其他生活條件，不知改善了多少？

我們也左三年、右三年痴痴的等著。等的不是情人，而是大陸面對現實，「自強不息」的蛻變。

丁輯

美國復興的希望在亞洲

晚近十年來，有關美國國勢日走下坡的報導，時有所聞。論者的觀點，有以軍事力量、政治影響或財經的表現作發微的憑藉。說晚近十年，也湊巧得很。傅高義（Ezra Vogel）那本一度左右美國朝野視聽的《日本第一》，正好在一九七九年出版。自此以後，每隔兩三年，就有感時憂國之士說：「我們再不及時檢討美國的經濟、社會和教育等制度，今後不但沒資格援助別人，反要仰賴人家救濟了。」

幾個月前我介紹過布魯姆（Allan Bloom）的《閉塞的美國心靈》，可說是美國人「反思」的餘緒。此書批評的是教育制度問題，其他從各方面來指責美國制度各種不是的專書或文章，多不勝舉。難怪有人戲稱這種現象是美國人「災難意識併發症」的表現。

一九八八年底又有一本類似的書出現：《第三世紀：美國在亞洲時代的復興》（*The Third Century: America's Resurgence in the Asian Era*）。既用「復興」作副題，可見作者對美國的前途，還有相當的憧憬。

第三世紀是美國立國後的第三世紀。那麼爲甚麼要在「亞洲時代」才有復興希望?·這就是問題的關鍵了。

先說本書兩位作者。Joel Kotkin（柯德根）是《機構》（Inc）雜誌的編輯。Yoriko Kishimoto（岸本）女士，出生日本，在美國受教育，現爲「日本太平洋」（Japan Pacific Associates）公司主管，專負責美亞地區商業發展。以資歷看，他們兩人可說毫無特殊之處。他們與普通「災難派」論者兩個最顯著不同的地方，第一是血統有異於 WASP 主流（盎格魯撒克遜族基督教徒）。柯德根是俄國猶太人移民後裔，岸本則是東洋人。

不錯，跟許多新移民一樣，他們都歸化了美國。本書的立場，也處處以美國利益爲中心，但他們堅信，美國工商業復興的希望，不在歐洲，而在亞洲。由此可見，作者不但「出身」與別人不同，論點也處處不入流俗。在序言中，他們先發制人，說此書一出，會開罪不少雖在頹勢中仍保持着優越感的白種人。

就拿名小說家 Gore Vidal 來說吧。他也看到復興中的亞洲逐漸有取代美國成爲世界盟主的趨勢，不過他對美國自救的處方卻大異其趣。在一九八六年一月十一日出版 The Nation 一篇文章裏，他力促美國人認清目標，不但要繼續加強與歐洲諸國的傳統關係，更為重要的是與蘇聯修好。除此以外，別無抗拒將來以中日為首無遠弗屆的經濟霸權。

Vidal 是小說家，說話有些一廂情願，但我相信美國普通老百姓，以「外行看外行」，大多數會同意他的看法。美國畢竟是白人的社會，對「黃禍」的威脅，始終有戒心。偌大的歐洲，何止「五胡十六國」，但語言雖不同，文化背景總有些相似的地方。至於蘇聯，雖屬「異端分子」，但膚色輪廓，總比塌鼻子的亞洲人容易受落。

可惜世界現實不任人隨心所欲。柯德根與岸本的主題是：歐洲已經式微了，而蘇聯自顧不暇。還有一點特別值得注意，計畫在一九九二年成立的「歐洲共市」，根本沒把美國放在眼內。

那麼，美國有識之士，如有意把過去二百多年重歐輕亞的政策改變過來，應該從那裏着手呢？首先消滅白種人崖岸自高的態度。這種大歐洲思想目中無人的狂妄，從戴高樂一九六二年會見日本首相池田勇人後發表的「觀感」可以看到：「我跟他見面時，還以為他是半導體收音機的推銷員呢！」戴高樂總統說：「那像個首相。」

美國人口因歷史關係，以英裔佔最大多數。以政治、文化和貿易來說，以前所謂「重歐輕亞」中的「歐」，幾乎以英國為代表。這也是說，在美國人的眼中，歐洲人也有資質高低的分別。除英國外，在美國還受到禮遇的歐洲人是法國和德國。南歐東歐，在他們看來，均非上國衣冠。

加州的天使島是百年前美國移民局隔離亞洲移民的集中營。歐洲移民的集中營是紐約的艾禮士島（Ellis Island）。有一次一位大名叫 Henry Goddard 的心理學專家到艾禮士島，給滯留那兒等候辦理身份的「邊緣人」測驗智商。他的發現頗有參考價值。他認爲屬於「弱智」（feeble minded）的，俄國人中佔百分之八十七；猶太人百分之八十三；匈牙利人百分之八十，而意大利人百分之七十九。《第三世紀》兩位作者說得妙：「有時他只需瞄一眼就知誰是低能兒。」

那次「測驗」的時間是一九一二年。愛因斯坦是猶太人，三十年代初逃避納粹迫害到了美國，一九四〇年做了公民。幸好他晚來二十年，不然這個聰明並不外露的猶太佬給那位專家瞄一眼，說不定歸入了「弱智」的檔案。

這種在文內加插傳聞逸事的敍述體，是本書特色之一。一本比對歐美和亞洲經濟消長的著作，自然少不了統計數字，但因有上述這一類「逸事」的穿引，非本行讀者也不覺得枯燥。

兩位作者舉出與貿易數字無關的例子，看似插科打諢，其實不然，因爲這正是本書主要的論證：像美國這樣一個左右逢源於大西洋與太平洋之間的大國家，要是繼續執行種族主義政策，自食其果。要是認識到未來世界發展的方向，復興有望。

甚麼是未來方向呢？先不說別的，就拿美國本土人口增長的比例來說好了。如果美國移民政策不改變，照兩位作者所引的資料估計，到了二十一世紀，每五個十八歲以下的美國公民中，最少有兩個不是「白人」。換句話說，五分之二左右的人口中有黑人、拉丁美洲人和亞洲人。

這是大勢所趨，既然不能反潮流，就乾脆順水推舟，在互利的原則下全面修正過去的偏差好了。

本書所提的「亞洲」，雖旁及東南亞各地，但所引例子，還是以日本和所謂的「四小龍」爲主。中國大陸也佔篇幅，但作者的着眼點在其潛能，少談到現況。譬如說，提到特區深圳和廣州，作者引用當地一位美國領事館職員的話說：「這兒不是中國，是一個新的香港，一個正努力變成洛杉磯的新香港。」

講的既是「潛能」，難怪落墨不多。

柯德根和岸本苦口婆心勸美國政府重視亞太地區國家，用意是爲了本國利益，不在話下。不過如果美國本身不具備吸引遠東國家游資和人才的條件，打開大門請人移民也不會有效果。這兩位作者所用的有關香港、臺灣和越南「船民」移民志願的資料，對我們說來一點也不新鮮。如果他們能選擇的話，他們的首選通常是美國，其次是加拿大、英國或澳洲。香港人跟英國有特別淵源，也有列英國爲第一志願的。但跟美、加、澳比起來，英國是彈丸之地，因此有人覺得，明知機會渺茫，何必多此一舉，白費心機。

論幅員之廣，加拿大比美國還要大，爲甚麼對亞洲移民的吸引力弱於美國？這又回到《第三世紀》的話題了。不錯，美國過去一百年，有過極其醜惡的排「亞」史。民主黨加州州長候選人明目張膽的說過這些話：「我們美國現在的人口，經過幾十年的努力，才造成今天這階段的文化……因此我們一定得竭盡所能保存這國家歐美血統之純潔，不受中國、日本和印度這些頹廢國家汚染。我們祝福他們在原居地幸福快樂，但不歡迎他們到這兒來。」此公大名是 Theodore A. Bell，他的話是一九一〇年說的。

今天美國政客跟他心態相同的大有人在，可絕對不敢公開發此謬論。七八十年代美國移民政策如果顯得比其他國家開明，民權運動分子和「少數民族」自己的努力，功不可沒。

加拿大和澳洲，可沒有這種氣象了。

正因美國是個表裏一致的資本主義國家，崇拜金錢，崇拜個人的成就，只要你確有高人一等的特長，可以替他們賺錢，對他們的事業有貢獻，在他們上了軌道的用人唯才制度下，絕對不會埋沒你。

二次大戰後在美國嶄露頭角的傑出華人，多不勝數，我也不必在此一一點名了。

王安和貝聿銘這種事業家，不得不使美國人對華人的「潛力」刮目相看。柯德根和岸本寄望美國在第三世紀因與亞洲「靠攏」而復興，着眼點不單在日本的科技和「四小龍」的資金，而是像王安這類創業人才。

現在舉一個本書引的實例。王先生（Albert Wong 譯音）於一九七〇年赴美唸大學。父親是教員。跟一般香港中學生一樣，他本來是打算唸香港大學的，但考不上。在加州的 Cal State Fullerton 大學取得電機工程學士位後，順利在 General Instruments Corporation 找到工作，並在那裏認識了巴基斯坦「難民」工程師 Safi Qureshey，後又經他介紹另一香港來的工程師袁先生（Tom Yuen 譯音）。

八十年代初加州 Silicon Valley 正大力發展微型電子計算機。三個「臭皮匠」看到機會來了。IBM 不正在推廣「個人電腦」（Personal Computer）嗎？他們一定需要許多附件，如果能把機會附驥尾，製造一些他們認爲是「零碎」的產品，生意一定大有可爲。

他們三個人二十歲出頭，以精力和衝勁補經驗之不足。果然，他們跟 IBM 接上了頭。三人中以王先生最有科技頭腦。他拿了該公司發給承包廠商成品製造標準，細心研究，然後三人合力籌款動工，以袁先生的車房做臨時工廠。

他們怎麼分工合作呢?由 Safi Qureshey 掛名當「總裁」，負責策劃和行政事務。袁先生則統辦市場推銷。王先生搞生產。

一九八二年的營業額達四十萬美元時，他們就以三人名字的英文字母成立了 AST Research 公司。

公司的業務在六七年內突飛猛進，今天已超過二億六百萬元。除 IBM 外，還給他們訂單的有 Apple 和 AT&T 等大公司。在美國基地站穩後，他們即把營業網擴充到歐洲和東南亞。香港就有他們的「分廠」。

三十六歲、如今名符其實的總裁 Qureshey 展望前途說：「我們的目標是建立一個永久性的機構，像 Hewlett-Packard 或 IBM 這類的公司。」

三個「難民」成功的故事，也是美國「廣開賢路」的實例。一家新公司成立，即會給當地人士創造就業機會。依本書作者的說法，今後美國要經濟復興，不能光指望像通用或福特汽車公司這類巨無霸機構。機構一龐大，就易流於僵化，樣樣自以為是，失去了應付千變萬化市場需要的彈性。

大多數的新移民除了自己的聰明才智、毅力與恆心外，再沒有甚麼本錢。他們要創業，得向銀行借錢。銀行肯借錢給你，最少對你的「發明」得有多少信心。美國近二十年來許多中小型企業，都是靠類似AST公司那種置之死地而後生的冒險犯難精神建立起來的。

亞洲移民除了創業給美國人製造就業機會外，對美國的工商界而言，有時是一筆很大的「諮訊」資產。美國人做生意有自己的一套。中國人、韓國人、日本人也如是。美國人可以虛心學外語、研究他國的文化和風土人情，但一個歷史悠久的民族最深層的價值和心理結構，有時確需要「自己人」才可以了解的。

美籍亞洲人在買賣談判時，是理想的「緩衝」人物。

本書作者舉了好些美商和亞洲人談生意的經驗，不妨簡述一二。十一年前，美國一家製造半導體產品公司的副總裁到了漢城和韓國人打交道。他只打算留一天。據說「高麗棒子」談生意的「戰略」是「盤腸大戰」，週而復始的老話重提。用意簡單：把對手累垮了，精神不足、肚子又餓，能讓步的馬上就讓步，只求早些解脫。

果然不出所料。漢城公司的「謀士」知道他晚上要趕班機回家後，就決定採取顧左右而言他的消耗戰術，希望他急着要趕班機儘早竪白旗投降。

誰料對手棋高一着，除宣布「今天不回家」外，還提議會議結束後大家一起吃晚飯。跟着他說話的腔調一變，也開始「聲聲慢」起來。這一「以毒攻毒」的策略果然得逞，美國佬既不中計，再拖也是枉然。於是馬上加快節拍，合同當晚就談妥。

這位美國公司的副總裁能夠「臨危不亂」，是不是有美籍韓人同事在他行前致送「錦囊」呢？這就非我們所知了。

以前亞洲人為了和美國人做生意，不惜事事逢迎，百依百順，博取他們的歡心。現在時移勢易，輪到美國人移樽就教了。一位專營木材出口生意的美國老板，摸準了日本人愛搞茶道、花道、盆栽的「美學」心理，就是買一條圓木，他們也細究其紋理的，因為某一種木材，只適宜做某一種家具或器具，含糊不得。

這位美國木材老板一一照辦。另外還有更絕的。日本的主顧到美國來談生意，他不在旅館招待他們。他特地在自己的房子蓋了一間日式的「茶寮」。日本佬一進門看到甚麼？太陽旗。

高鼻子的美國人對塌鼻子的日本人既自大而又自卑的心理揣摩得這麼透徹，東洋人也服了，難怪一九八六年這行業鬧不景氣時，單這家木廠生意應接不暇，一百五十個工人全部得加班才能應付。

知己知彼，百戰百勝。這一家木廠有沒有美籍日人在後面當「情報販子」？我們也不知道。

血統、膚色和母語全是亞洲的，卻因個人環境關係，把聰明才智貢獻給美國，會有甚麼感受呢？以下我們看看一些「美華」例子。

「我們知道，大陸政權是不承認雙重國籍的。但法律是一回事，血統和感情是另一回事。一位北京科學研究所的負責人這麼對本書作者說：「中國人民對美華的成就非常驕傲。我們心氣相通，覺得有一種特別的感情存在。我們也知道，無論遇到甚麼困難，他們還是心向中國的。」

那麼，拿了美國護照，在美國成家立業，兒子不但受美國教育，非常時期說不定還要當兵的「美華」，他們對中美間的利益問題，又怎麼看法呢？

洛杉磯近郊有王亨利先生（譯音），大陸變色後移民美國，白手興家，今天他主持的遠東國民銀行，資產已超過一億元。爲了業務關係，他常得代表美國主顧穿梭太平洋兩岸接洽生意。他站的是甚麼立場？

「美國華人熱愛自己選擇居留的這個國家，」他對本書作者說：「我是以『老美』（Yankee）的身分到中國去爭取生意的。我正努力使中美兩國成爲最大的貿易夥伴。憑着我們的特殊關係，我相信一定達到目標。」

王亨利的立場相信可代表一般美華心態：使中美兩國人民各得好處。心懷故國，人之常情，但長於斯、食於斯的地方，也是一個應該效忠的地方。本書作者之一的岸本小姐，採的也是這種態度：做美日兩國溝通的橋樑。

跟韓國和日本的生意人談判的「策略」，上面簡略介紹過了，那麼，到大陸談生意，該用些甚麼「手段」呢？「拉關係」。而且，到最後還得等官老爺拍板才能定案。但既然這種過節我們比作者還要熟悉，不必在此囉嗦了。

自傅高義稱讚「日本第一」後，一般人都有一個毫不科學的概念，以為日本人做事處處勝人一籌。其實不然。如果本書的論點成立的話，日本的工業前景可說危機重重。

傅高義的書於一九七九年出版，由此可知他所觀察到的日本經管實例，都是六七十年代的。今天日本的社會結構與價值觀念，當然起了不少變化。日本人維護傳統文化與生活方式之熱中，舉世知名。但只要門戶開放，青年人接觸大量歐美書籍刊物，交到「外國人」朋友，日子一長，總會受到潛移默化的影響，自己變了「西化」還不自覺。

先說常為人稱道的日本工人對所屬公司「從一而終」的服務態度吧。難道這是日本民族性忠君思想的延續？原來不是這麼簡單。第一，日本不像美國那麼地大物博，商業機構遍布東西兩岸，而且美國人不吃以年資論職位、算工錢這一套，東家知道西家有可以收買的「異才」，隨時重金拉角。

日本人講年資輩份，不大可能從西家請來「乳臭未乾」小子卡在老臣子的頭上。你在東家幹下去，要升遷，得等上司退休或提前「物故」。

日本人不輕易換差事另外一個原因是與「面子問題」有關。在大機構服務的人面子大，小規模的西家量珠把你聘去，雖然升了級，同事還以爲你是被東主「炒魷魚」出來的。面子有時比銀子重要。

在東京某電子公司工作了十五年的美國人 Michael Jablow，就因此跟傅高義唱反調。他說日本企業界的經管學可用「恐懼理論」(Theory F, F 是 Fear 的縮寫）來概括。

「推動日本經理階級全身投入去工作的力量是恐懼，」他說：「這個社會不能容忍失敗。失敗的懲罰不是滾蛋就是完蛋。」

我們大概記得五六年前美元兌日元大幅度下跌，日本工商界一時措手不及，至少有兩位經理階級人物受不了心理的壓力，尋短見去了。他們是「恐懼理論」的犧牲品。

中共以前奉行的「出身論」誤盡蒼生。日本人的年資論也會禍延新生代。這種「懷才不遇」的挫折感由東京 Bokusui 貿易公司工作了二十年的 Naruo Nakajima 表達得最爲徹底。

「我的心理矛盾極了，」他說：「我賣命工作，力爭上游，可是我也知道，這不一定會得到報酬。結果是，我像一條脫了角的野牛，志氣和幹勁都『脫』了！現在我只得一步一步的瞧着目標走，但天知道，可能人老了也到不了目的地。」

教育普及，大學畢業生人數激增，本是國家一筆大資產。可是就業機會如不能相應配合的話，也會產生挫折感。在一九六〇年至七〇年之間，日本大學生增加了百分之五十以上。在五六十年代，大學畢業生受聘後，經過一段時間的訓練，總有機會受重用而成爲高級行政人員。

現在呢？競爭的人多了。上面提到日本近十多年的社會變遷影響工商界的組織和結構，這也是一個例子。以前學業有成，時機一到，總有青雲直上的希望。爲甚麼？因爲就教育水準而言，在二十年前你可算「鶴立鷄羣」。今天可全部改觀了。

依 Thomas Hobbes 的看法，日本工商界主管階級人物的生涯，並不值得羨慕。好不容易以自己的青春、心智、勞力與才華終於換得「一官半職」，唉，又快到五十五歲的退休年齡了。日本高級行政人員的風光日子，頂多不過十五年。

這種「振翼難飛」的無奈感，當然影響到員工的士氣。據一九八五年《每日新聞》一項調查統計，在二十歲至二十五歲這一代日本人中，承認從工作中得到快樂的比數，一九七〇年佔百分之二十九，一九八五年降至百分之二十。

更令日本「有識之士」擔心的還不止這一點。以往老一輩人引以爲榮的「團隊精神」，已逐漸凋零了。新生代多是「個人主義」者，對份內的工作不會完全投入。有些還打算「跳槽」，或乾脆替外國人打工。這些都是以前不可想像的事。但現在見怪不怪了。拿二十七歲的 Hideo Kituchi 爲例。他原在大機構三井公司任職，一九八六年辭職不幹，「倒戈」到一家英國公司去（Baring Far East Securities）。「所有有關日本工人對公司從一而終的傳聞都是狗屁（garbage）」，他憤憤然的對本書作者說：「就我個人而言，我是先想到自己，然後才替公司工作。我要工資高，物質生活好。還有，如果我六點鐘就把手上的工作做完，我就要回家了。」

日本工商業有今天的成就，是靠「臥薪嚐膽」克難精神得來的成果。爲了在歐美工業先進國家中殺出一條血路，他們費盡心機，有時還得冒不信邪之險。本田汽車公司老闆回想當年要以摩托車打進美國市場。負責市場調查的手下告訴他，此計不通，因爲美國高速公路四通八達，老百姓買的都是汽車，摩托車根本無用武之地。

但本田先生卻想到美國人周末和假期喜歡郊遊或釣魚，而許多柳暗花明處，是汽車無法開進去的。旣然如此，何不特別設計一種可以「附加」在汽車上的摩托車？

於是本田製造的 Super Cub 及時面世，後來成了美國家傳戶曉的產品。

辛勤、認眞、肯動別人懶得去動的腦筋，是日本商人的優點。但限制可不少：不能讓他們盡量施展拳腳。制度和組織的局限，我們上面約略提過了。日本本土資源缺乏，面積狹小，這也是先天的大局限。

但卽使擁有澳洲或加拿大這麼大的一個國家，日本人世代相傳的排外性，想也不會改過來。他們對自己民族的自戀狂，世上再難找到別的例子。他們瞧不起亞洲任何一個國家，不在話下。如果美國不是以原子彈「迫降」，他們也不會瞧得起白人。

在日本人的眼中，東亞其他國家有甚「潛能」呢？在二次大戰前，Ishiwara Kanji 早有「大東亞共榮圈」的腹稿。他把滿洲人算作一個獨立的民族，因此這四個「民族」分工合作如下：日本人是「共榮」政府的阿哥，專負責企業策劃；中國人提供勞力和經營小工業；韓國人產米；滿洲人畜牧，供應肉食。

如果本書有關日本人、日本工業和日本史的意見是出於岸本女士手筆的話，她實事求是的精神令人佩服。

她譴責日本人對中國和亞洲其他國家做成的傷害毫無悔意、不肯認錯。戰事結束，經濟復興了，日本人到亞洲各國旅遊或做生意，往日那種「君臨天下」的氣燄還是一成不變。他們每到一個地方，只要人數湊得夠，就馬上「殖民」，辦日本人的學校、開日本人的商店、置地蓋日本人專用的高爾夫球場。

他們已取代了二十年前美國人的惡名，成了「醜陋的日本人」。言下之意，美國人只要「革面洗心」，不犯日本人「排外」和自我崇拜的錯誤，當會較受亞洲人歡迎。

岸本女士對自己同胞的評語，因此也是與《第三世紀》主題有關的。

單在加州 Silicon Velley 一地服務的中國工程師已超過一萬人。日本 Marubeni Corporation 一高級主管有一次到美國去視察，發現其中一個實驗室的研究員，竟清一色的是中國科學家，不禁感嘆道：「我們在日本，永遠吸收不了這麼多人才！」

日本不但無此器量吸收外國的精英（大概圍棋、棒球人才除外吧）。如果上面提到的年資制度繼續惡化的話，他們自己的精英也難免給外國機構吸收過去。大概日本大企業界有見及此，趁日元兌美元「超值」之時，大量收購美國的公司和地皮，辦連鎖服務，日本遊客坐日航到美國、住日航經營的酒店、吃日本人開的料理店、喝麒麟啤酒。這種措施，是舒解能源土地局限的上上策。人才確是外流了，但得來的涓滴，都回歸本土。

柯德根和岸本的結論，到此露盡眉目了。論資源土地，美國不見得得天獨厚。北面的加拿大天地還要廣濶，澳洲也不小。難得的是，這兩個地方同屬英語世界。東亞國家教育制度的第一外語都是英語，因此新移民選美國而捨澳洲或加拿大，不會是出於語言的考慮。

爲甚麼對美國情有獨鍾？我相信上面已交待得七七八八了。現在再作補充。我們大家都知道，加拿大和澳洲爲了爭取「九七移民」和臺灣、日本人的資金，近兩三年來大力「刷新形象」，希望人家相信這兩塊地方不盡是白人天下。做得更賣力的是澳洲，公然宣布「白澳政策」時代已經結束。

但我們也知道，「歡迎申請移民」並非來者不拒。能夠順利成行的爲數不多。就算新移民和老僑胞加起來，「有色人種」的數字，在這兩個國家的總人口中，渺如「滄海一粟」。

美國情形不同。《第三世紀》所言的亞洲時代，雖以亞太地區爲中心，但兩位作者一提到「少數民族」對美國工商業的影響時，連拉美系裔的移民也算進去。這數字相當可觀。就我個人所知，加澳兩國並沒有積極爭取拉美移民。把美國本土的黑人、墨西哥人、南美各國的拉美人、亞太人、東南亞人，一一相加起來，數字已夠壯觀。此外，除了本身子孫連綿外，還可以申請直系親屬來美。基此原因，美國到了二十一世紀每五個人中有兩個以上是「有色人種」的預測，已算保守。

到時美國將是甚麼一番氣象？不難想像出來。今天我們一提到英國人、法國人或德國人，在成見上總是聯想到白人。我們心目中的美國，也是「白洋鬼子」。

可是「有色人種」要是佔了全國人口的五分之二以上，這個「俗成」的形象站不住腳了。「有色人種」當選美國總統的日子，相信還要等一段漫長的歲月，但部長階級的高官職位，指日可待。這完全不是一廂情願的想法，而是轉變中的美國社會一定會形成的現實。

《第三世紀》的第六章題名〈世界國家的形成〉(Making the World Nation)，兩位作者的推想，也是以大勢所趨爲根據。所謂「世界國家」，就是避免再犯向歐洲一面倒的偏差。美國在地球上的位置本來就是「左右逢源」，在施政上合該名符其實。

以直系親屬名份赴美的亞洲青少年中，確有不少不自愛最後走上歧途的，但這是少數中的少數。大部分移民都算得上是美國社會的資產。因爲他們遠適異國，爲了謀生、爲了出人頭地，在心理上都有「背水一戰」的準備。一個白人和一個亞洲人，都屬資質平平的話，「有色人種」如肯將勤補拙，最後的貢獻總會比「地頭蛇」大。

《追求卓越》(In Search of Excellence) 的作者 Tom Peters 極力推薦這本書，認爲是近年美國出版界的一個里程碑。經濟學者、工商界人士固然要讀，政府行政人員和總統候選人更要細讀。

美國的亞裔人士看到這種評語，諒會「欣然同意」，但「非我族類」的人士看了，會否從善如流？就難說得很了。不過，以長遠目光看，我們倒有樂觀的理由。新生代美國白人，跟「異族」通婚的越來越普遍。十年、二十年、三十年後，除了新移民數字增加外，還有不少血統已複雜得不可辨識的混血美國人出現。

這些混血兒的岳父岳母、阿姨叔叔說不定都是亞洲地區工商界的首腦人物。要搞亞式「關係」，捨我其誰？

現在在美國百貨公司買襯衣，袖長三十二吋以下的，恕無現貨供應。不想度身訂造，請移玉步到童裝店。

《第三世紀》在美國商場廣爲流傳之後，說不定在不久的將來，袖長三十吋的東方人，也可以穿美國成衣了。

鷄頭寨原是丙崽村——淺論韓少功小說

(一)

一九八五年後嶄露頭角的大陸小說家，爲數着實不少。李陀爲《世界中文小說選》（時報出版公司，一九八七）大陸小說部份寫前記時，就點了十一人的名。同樣，劉再復一九八八年爲法文版《中國當代作家作品選》作序，把近十年來「新時期文學」代表作家的數字，增加到十八位。

當然，他們兩位開列的名單都以「等」字結束，表示遺珠之憾自所難免。事實上，任何行家所舉的代表人物和作品，都會各有差異。但人數雖參差，十年來大陸小說界之氣象萬千，卻是有目共覩的事實。正如李陀所說，「這十年的變化不是一般意義上的變化，而是一場十分深刻的文學規範的革命，一場或許是全部中國文學史上變革最激烈、影響也最深遠的規範革命，其意義甚或在五言詩替代四言詩、白話文替代文言文這些變革之上。」

一九八七、八八年間的表現，論者如雷達雖喻作「動蕩的低谷」，然「海外遠眺，則又不盡然」。這一年（即一九八七）有余華的脫胎換骨，葉兆言的崛起，李銳和劉恒的備受矚目，莫言及韓少功的穩健表現，「雖不敢言豐收，也還差強人意」（見鄭樹森：〈從後設到夢魘〉一文）。

如果沒有六四事件。如果《人民文學》編輯不走馬換將。總之，自鄧小平實施新政以來文壇出現的一線生機，已被天安門的坦克摧毀了。一九七九年九月，英國學者詹納（W. J. F. Jenner）寫了一篇檢討中國新文學得失之文章，別開生面的稱作〈現代中國文學?有可能麼?〉(Is a Modern Chinese Literature Possible?)。

現代一詞，語意複雜，因此劉再復在〈近十年的中國文學精神和文學道路〉（即上面提到的序言），開宗明義就解釋說：「我國的文學史家，通常以一九四九年新中國成立這一特定時間與事件，作爲文學史的一個重要界碑，把這一界碑的前三十年，即從五四新文化運動開始發生的文學，稱爲『中國現代文學』，把這一界碑之後的將近四十年的文學，稱爲『中國當代文學』，而近十年來的文學，則稱爲『新時期文學』」。

詹納的標準，卻不純是編年史式的。他認爲，現代文學不一定要走現代派的路子，但既有現代之名，最少在感性上屬於現代世界的。換句話說，作家的世界觀最少認識到，在過去的百多年中，人類的知識範疇，迭起鉅變。演變的結果是：世上再無永恒不變的金科玉律。任何法政、科學和藝術的「常理」都可以推翻。傳統的道德價值亦如是：除非這些觀念經得起理性的考驗，否則應遭淘汰。

依詹納的看法，三十年代文學作家夠得上這種時代精神的，最少還有魯迅和蕭紅等人。可惜中國現代文學一踏入了五十年代，大開倒車。現代云云，只是時間上的古今之別而已。

詹納的文章收在一九八二年德國出版的《現代中國文學與文學批評論集》(*Essays on Modern Chinese Literature and Literary Criticism*)。前面說過，他文章的脫稿日期是一九七九年九月。一九七九年是大陸「新時期文學」第一個豐收季節。高曉聲的〈李順大造屋〉雖在他脫稿前兩個月發表，但他不一定馬上有機會看到。以常理推測，詹納初識大陸文學新貌，應在成稿後半年或一年的事。

果然，他在〈現代中國文學?有可能麼?〉附了後記，短短半頁，所記的日期是一九八一年三月。他在後記說：「如果我今天回答這問題，答案就肯定多了。新的作家，大部份還不到三十歲，不但在一九七九年『非官方』文學雜誌出現，有些更在較有膽色的官方刊物發表。他們思想開放，突出了現代精神的特色。他們已失掉了對六七十年代牢不可破的意識形態的信仰。他們希望對自己眞誠，有意擺脫傳統與教條的枷鎖，尋求新的表現自我的途徑。

……產生中國現代文學的可能性雖然增加了，但要發展到枝葉茂盛的階段，阻力仍然不少。」

不幸曾納的話，一語成讖。

（二）

新時期小說（姑從俗），韓少功的作品我讀得比較多。以成就而言，莫言不但比他多產，潛力也可能比他深厚。不過單以作家的成長角度看，韓少功十年的寫作生涯，饒有「教育」意義。拿他早期和後期的作品參對看，我們不難看出，大陸的槍桿子政權對作家的限制只要略為放鬆一點，有才華的卽可衝破框框，脫穎而出。莫言和其他新時期作家，多於一九八五年後始初試啼聲。作品面世，卽露本色，不必像韓少功七十年代中期投稿時那麼瞻前顧後，欲言又止。

韓少功一九五三年生於湖南長沙市。據我手上的資料，他第一篇小說是〈紅爐上山〉，刊於一九七四年第四期的《湘江文藝》。讀者看他的小說，若不順着年表，光讀他八五年後的作品如〈鼻血〉（一九八九），再看〈紅爐上山〉，實難相信此二篇文字同屬一人手筆。

八五年前後的韓少功最大的分別，不在文體的變化，而是對作家「使命感」作了不同的詮釋。這一點在本文中將依次交代。

顧名思義，〈紅爐上山〉是「一不怕死，二不怕苦」精神的戲劇化。這種「故事」和人物，不必細表，單看「正面」角色怎麼出場就知大概：

——〈咣」的一聲，土橋區農機廠材料庫門前的一塊告示牌被砸破了！

人們飛跑過來，只是童鐵山將手中的龍頭錘往地上一頓，拍拍手上的灰，敞開衣襟，露出寬濶厚實的胸膛。……

旁人看了，有的說：「好傢伙！到底是紅衛兵出身的，有闖勁！」

在六七十年代小說出現的人物，名字不是亂取的。童鐵山與浩然《金光大道》的高大全不一定有姻親關係，但同屬英雄形象，卻不在話下。且說他與其他革命小將排除萬難，完成〈紅爐上山〉的任務後，教訓知錯能改的幹部說：「老康！爲了黨的事業，你應該用行動改正你的錯誤！」說完，便返身站到輕騎隊的行列中，陽光照着他英俊的臉。

韓少功執筆寫這種說教文學，內心有什麼感受？在《月蘭》小說集的後記中，他作了交代：「我到了農村。我開始寫一些我並無很大興趣的三句半、對口詞、小演唱和小戲曲。這多半當然是不甘寂寞，但其中也不無找『飯碗』的動機。我很快達到這些目的了。一九七四年下半年，我由知識青年變爲一個縣文化館的創作輔導員，但創作的苦惱幾乎使我放下了筆。達心寫出的東西，自已也覺得不眞實，沒意思。」

這是他一九八一年元旦所說的話。〈紅爐上山〉後三年，他再沒有小說問世。七八年他先後發表了〈七月洪峰〉、〈夜宿青江鋪〉、〈吳四老倌〉和〈戰俘〉。以「意識形態」論，雖沒有〈紅爐上山〉那麼紅得灼熱，但字裏行間不時突出「青天幹部」的高大形象。譬如說，〈夜宿青江鋪〉就出現了這種「表態」文字：

> ——深沉的語調，動人的回憶，開始在所有開電話會的人眼前展開了一個色彩鮮明的畫面：這是一九五〇年，洞庭湖畔的湘陰縣城剛解放不久，街頭流落着一些剛從水災區逃出來的災民。一天，街頭出現了一支穿灰制服的人馬，為首的高高個子，腰挎手槍，這就是縣委書記華國鋒同志。他望着滿街的災民，眼裏滾動着熱情的波光，當即命令幹部們立即全力安置災民。……

〈夜宿青江鋪〉刊於《人民文學》。不管韓少功個人信仰如何，對華國鋒私下又是怎麼評價，既「不甘寂寞」要發表，就不能不配合官報的路線。他自已也承認，他在一九七八和一九七九的作品是「幼稚」的，「大多是激憤的不平之鳴，基本主題是『爲民請命』。」

韓少功這種感時愛國的精神，一直保存了下來。八五年後，風格大變，但變的只是表現的方法，不是爲民請命的情懷。七九至八三這五年發表的作品，時爲論者道及的有〈月蘭〉、〈西望茅草地〉、〈回聲〉、〈風吹嗩吶聲〉和〈遠方的樹〉。拿這階段的作品和〈紅爐上山〉比起來，我們不難發覺，像童鐵山那種意氣風發的高大形象月落星沉了。代之而起的是方寸已亂、自覺罪孽深重的知青，如〈月蘭〉中那位敍事者。韓少功隱隱然看出，做成中國大陸百孔千瘡現狀的，不是人爲的過失這麼簡單，而是制度本身的問題。制度有缺陷，卽有千千萬萬個「青天幹部」去補救，也屬枉然。丁玲早在一九四一年就揭發了人事制度紅而不專的失誤。〈在醫院中〉那位院長，農民出身，不識阿斯匹靈與盤尼西林之分別。可是因爲他「出身好」，領導相信得過，就位高要津。

事隔四十年，這位文盲院長轉生爲韓少功筆下的張種田(〈西望茅草地〉)。張種田官拜上校，卻要改行去辦農場，但除了出身好和爲人熱情外，再無其他資格了。「像本地農民一樣，他總把『知識分子』念成『機西分子』，『不曉得』成了『曉不得』。」

韓少功把揷隊下鄉時所見所聞種種倒行逆施的現象以小說方式記下來，盡了爲民請命的天份。這類反映貼身事物的小說，我們稱爲「話題小說」。

(三)

話題小說除非套入了寓言模式，使其隱義關乎到芸芸衆生，否則所記之人與事，每見事過景遷。他年再讀，已淡然無餘味。《莊子・達生》述記渻子爲王養鬪鷄事。

——十日而問：「鷄已乎?」曰：「未也，方虛憍而恃氣。」

十日又問，曰：「未也。猶應嚮景。」

十日又問，曰：「未也。猶疾視而盛氣。」

十日又問，曰：「幾矣。鷄雖有鳴者，已無變矣，望之似木鷄矣，其德全矣。異鷄無敢應者，反走矣。」

養鬪鷄可能是個話題，由莊子以寓言處理後，「呆若木鷄」卻成了道家養生一種境界。話題小說的限制，韓少功及時看出來。藝術形式的轉變，是作家內心感受與認知角度調整的結果。換句話說，韓少功若不是對人生問題、中國現狀、和善惡的分析有先有修正的看法，不會有一九八五年後風格的轉變。我們看看他跟施叔青一段對話。(見《文壇反思與前瞻：施叔青與大陸作家對話》，明窗出版社，一九八九。)

施：由於甚麼樣的契機，改變了你的創作理念?

韓：後來我對政治的興趣有些新的反省。以前的小說基本上是撻伐官僚主義、特權、揭露傷痕，寫的全和政治問題有關。後來悟出實際上，政治、革命不能解決人性問題，進一步思索到人的本質、人的存在，考慮到文化的背景，認爲以前對人性惡、陰暗的一面沒有足夠認識。

韓少功既有這種自覺，難怪下一步就看到他「尋根」了。

任何人看了他一九八五年發表的〈文學的『根』〉，易生錯覺，以爲他尋根的方向與阿城和王安憶相近：重演中國傳統文化中的若干美德。韓少功的尋根「宣言」開頭就這麼說：「我以前常常想一個問題：絢麗的楚文化流到那裏去了？……那麼浩蕩深廣的楚文化源流，是什麼時候在什麼地方中斷乾涸的呢？……文學有根，文學之根應深植於民族傳統文化的土壤裏，根不深，則葉難茂。」

楚文化確值得驕傲。中國哲學史若少了老莊、文學史缺了屈原，整個文化史也黯然失色。一九八五年韓少功特別多產，先後發表了〈藍蓋子〉、〈史遺三錄〉、〈空城〉、〈雷禍〉、〈老夢〉、〈歸去來〉和中篇〈爸爸爸〉。這一年的作品，有一特色：不是迷離撲索，就是鬼氣森森。如果一定要在這些作品中找些楚文化的「根」，那麼以浮面看來，應推自《莊子・齊物論》莊周蝴蝶夢衍生出來的〈歸去來〉。

這一年的扛鼎之作，無疑是備受爭議的〈爸爸爸〉。

這中篇描寫的鷄頭寨與「尋根」或與楚文化又拉得上什麼關係？表面看來，說得煞有介事。除方言外，敘事者還揷入了神話與傳說。「姜涼是我們的祖先，但姜涼沒有府方生得早，府方又沒有火牛生得早，火牛又沒有優耐生得早。優耐是他爹媽生的，誰生下優耐他爹呢？那就是刑天——。」

刑天的後代又怎麼流落到鷄頭寨呢？那是因爲住在東海邊上的子孫漸漸多了，出了人滿之患，「於是在鳳凰的提議下，大家帶上犁耙，坐上楓木船和楠木船，向西遷移。」

這有無「史實」可徵？張正明的《楚文化史》（一九八七）有這麼一條：「楚人以爲，只有在鳳的導引下，人的精魂才得以飛登九天，周游八極。所以，屈原在〈離騷〉中寫道：『吾令鳳鳥飛騰兮，繼之以日夜』。《莊子．逍遙遊》說：『鵬之徙於南冥也，水擊三千里，摶扶搖而上者九萬里，……』這鵬，就是大鳳。」

通觀全篇，韓少功在〈爸爸爸〉中豎立了這種「神話」結構，用意不在尋根，更不鼓勵讀者去「考證」。他記下了一段鷄頭寨人唱的「簡」（即「史話」）後，即補充說：「據說，曾經有個史官到過千家坪，說他們唱的根本不是事實。」

那麼他何必花這麼大的工夫虛張聲勢？說來簡單：〈爸爸爸〉要說的「故事」，太離經叛道了，太「不愛國」了，他不能用神話的幌子，把鷄頭寨發生的事，化解成子虛烏有。

韓少功在《月蘭》後記中承認受了魯迅的影響。〈爸爸爸〉中的丙崽，論者有謂形象類似阿Q。實情是否如此先不說，但在挖掘國人的「劣根性」上，韓少功所用的刀斧勁道，魯迅猶有不及。魯迅在〈半夏小集〉（一九三六）曾這麼說過：「……世間實在還有寫不進小說裏的人。倘寫進去，而又逼眞，這小說便被毀壞。譬如畫家，他畫蛇、畫鱷魚、畫龜、畫果子殼，畫字紙簍、畫垃圾堆，但沒有誰畫毛毛蟲，畫癩頭瘡、畫鼻涕、畫大便，就是一樣的道理。」

師父當年不幹的，現在由徒弟「補遺」。丙崽是個不折不扣的「癩頭瘡」。這個永遠是十三歲，穿着開襠紅花褲的小老頭，一生只會說兩句話：「爸爸」和「×媽媽」。外邊遇到到誰，不論男女老幼，他先會親切的招呼你一聲「爸爸」。要是你不領情，他就翻起白眼，咕嚕一聲「×媽媽」。

劉再復一看到這個「眼目無神，行動呆滯，畸形的腦袋倒很大，像個倒竪的青皮葫蘆」的怪物時，起了有關「民族病態」的聯想：

——丙崽式的病態思維方式，其心理基礎是卑怯，是恐懼。他們的價值尺度是狹隘的卑怯的自我。他們以我劃線，凡有利於自己的，他們就劃入「爸爸」的行列；凡是不利於自己的，就劃入「×媽媽」的隊伍。……奇妙的是，讀了〈爸爸爸〉，老是要想到自己，老是要想到自己的過去。……我發現自己曾經是丙崽。我想，許多正直的讀者也許會發現自己曾經是丙崽。（見〈論丙崽〉・一九八八。）

較劉再復還要早受到丙崽「威脅」的是老作家嚴文井。他一九八六年致韓少功的公開信，題目驚心動魄：〈我是不是上了年紀的丙崽？〉他說：「你畫出了丙崽，幫我提高了警惕，首先是警惕我自己。你這個丙崽和阿Q似乎有某種血緣關係。凡中國的土特產，自然有些共同點，我們不必爲此先做什麼考證。丙崽當然不是阿Q，這個怪物更可怕，他看來最容易對付，實際你無法對付他。卽使那次天不打雷，拿他的腦袋祭了神，他的鬼魂仍會在山林間徘徊。」

（四）

丙崽不是阿Q，因爲他不會罵「兒子打老子」，更不會想到要調戲婦女。但他的確比阿Q更可怕。阿Q「鬧革命」，最後還免不了要殺頭，再以好漢出現，也得等十八年。但丙崽被灌了毒藥雀芋，其他同時服毒的老弱村民都中毒死了，他卻活下來，「而且頭上的膿瘡也褪了紅，結了殼。」

出現在本篇中的駭人聽聞的事很多，如坐椿而死這種「古風」。仲裁縫見過這樣「坐」在尖尖的椿上死去的人，「死後人們發現樹椿前的地皮都被十指抓得坑坑窪窪的，起了一層浮土，可見死得慘烈，死得好。載上了族譜。」

或是與鷄尾寨交鋒前鄉間父老表現「同仇敵愾」的方式。把「寃家」的屍體切成一塊塊，與一頭豬混在一起在鍋內煎熬。凡是鷄頭寨子民都得共享。「不吃的話，就會有人把你架到鐵鍋前跪下，用竹釬戳你的咀。」

這些野蠻行爲，不論是自發的或被迫的，已夠令人發抖。但如以寓言的模式讀〈爸爸爸〉最教人不忍卒覩的卻是故事結尾丙崽突然出現。這個無知、愚昧、猥瑣、畸形、殘廢的小老頭居然連毒藥都毀滅不了，是不是意味著只有像丙崽這種人才能在中國的土地上連綿不絕下去?「適者生存」，這個整天拖著鼻涕、回母親話時老「×媽媽」不停的怪物，竟是「適者」?

嚴文井和劉再復既不畸形，又非白痴，何必無中生有的跟丙崽認同起來?這也不難解釋。鷄頭寨雖山在虛無飄渺，但方言既把「看」說成「視」、把「說」說成「話」、把「他」說成「渠」，因見吾國古風。那就是說，丙崽不是東洋人或高麗人，他是中國人的恥辱。嚴文井擔心自己是不是上了年紀的丙崽，其心態與當年阿Q出生後，有自省能力的知識分子都曾撫心自問過：「我似不似阿Q?」

但如果我們把注意力全集中在這低能兒身上，那就見樹不見林了。作爲愚昧、無知、迷信、殘忍的代表，丙崽還不夠資格，因爲他是個心智不發達的人。這一點，前面已提過了。

我們可以這麼說，如果丙崽在鷄頭寨中只是一個例外，那麼這個寓言中的民族還有再生的希望。〈爸爸爸〉讀來氣氛也不會低沉得教人窒息。

問題是，鷄頭寨的村民，身體雖然健全，但心態自盤古開天地以來，好像沒有大的轉變。抱殘守缺，自以爲是。丙崽娘生了這個怪胎，沒有別的解釋，只謠傳她多年前在灶房裏碼柴，弄死了一隻綠眼赤身、有瓦罐大的蜘蛛，「拿到火塘裏一燒，臭滿一山，三日不絕。那當然是蜘蛛精了，冒犯神明，現世報應，有什麼奇怪的呢?」

寨裏稍識詩書的人，僅得仲裁縫父子。父親是國粹派，口口聲聲對人說：「汽車算個卵。臥龍先生，造了木流牛馬。只怪後人蠢了，就失傳了。」兒子仁寶，是「革新派」，可惜除了抱怨「這鬼地方，太保守了」；除了躲到林裏偷看女崽在溪邊洗澡，再無其他作爲。

因此他們在心智上，是各種形式的丙崽。而鷄頭寨的別稱應是丙崽村。

據韓少功對施叔青說，只會說兩句話的丙崽是他下鄉時鄰居的小孩。而鷄頭寨爲了表現「敵愾同仇」分吃人肉混豬肉的描寫，也確在文革時湖南道縣發生過。

這些都是「話題」材料，韓少功形而上之以小說形式套入了。他自〈紅爐上山〉以來在藝術上取得的成就，也赫赫在目。韓少功尋根，要發掘的是「莊子如何變成魯迅筆下的阿

Q」的原因。這種方向的轉變，想非他始料所及。

（五）

永遠十三歲穿開襠褲的丙崽是人類心智退化的樣版。曾經走在世界文明前面的中華民族，何由百年來一蹶如斯？科技文明還落人後先不說，怎麼野蠻得吃起人肉來？不是心智的退化，那還有什麼解釋？

中國人面臨的「退化」問題顯然一直困擾著韓少功。繼〈爸爸爸〉面世後一年，〈女女女〉就登場。這一次，他把退化現象徹底形象化：小說內的么姑，先變猴，後變魚，推翻了進化史的經驗過程。

討論韓少功小說的文章，見於大陸報刊的，多得不勝枚舉。臺灣方面，除了選集的序文外，散篇的我只看過蔡源煌的〈論韓少功的中篇小說：《爸爸爸》、《女女女》、《火宅》〉（收在《海峽兩岸小說的風貌》，一九八九）。蔡源煌對〈女女女〉怎麼看法？

> ——我覺得，《女女女》在寫么姑的一生，以及社會對女人角色的要求（如生育）；同時也在寫她的侄兒毛它——也就是這部小說中的敘述者——的微妙心理。小說是以毛它的第一人稱觀點來敘述便已注定要如此。敘述者的意識啓廸又朝著兩個方向發

展：㈠人類對他人（卽使是親人）的仁慈和耐性究竟有多大的極限？在無法發揮這兩項感情的最大極限時，人如何去面對自己內心的虧欠和自疚？㈡么姑的死究竟帶給敍述者什麼啓示？我們假設：這個故事的始末，敍述者是在么姑去世的兩年後才加以追憶的，而當他在記憶裏重新去回顧整個事情的經過時，他終於明白人沒有理由長期活在死亡的陰影底下。唯有接受死亡的必然性，才能夠更紮實的存活著。

一篇意象濃密的小說，可從多重層次去分析。除了蔡源煌提出的讀法外，我打算從另一角度去了解么姑在小說內出現前後判若二人的性格轉變。首先，我們該知道她是從鄉下來的舊式婦女。正因她這一類女子少受教育，所有道德標準與價值觀念都是約定俗成繼承得來。譬如說，她鄉下的人把生育看得非常重要，「不能懷上娃崽的婦女，常赤身裸體去山嶺上睡臥著承接南風，據說南風可使她們受孕。」

我們可以這麼假定，如果么姑不孕，爲了生育，她會絕不考慮的去赤身臥嶺接南風。如果無效，她絕不拒辭，喝下這偏方：「蜂窩與蒼蠅熬出來的汁湯」，正如她寧願失聰也不肯戴助聽器，因爲這得用電池，而一對電池所費，「買得幾多豆腐。」

依我看來，么姑雖然是「現代婦女」，可是心態卻「傳統」得如三言小說所載的封建時代婦道人家一樣：她道德人格上的自我，完全是爲了要符合家庭與社會對她的期望而完成的，不是自己獨立意識與認知能力的組合。

她所處的社會凝聚力一天不變，她「三從四德」的習慣也會保存下來。

在中風以前的么姑，是舊社會中的模範婦女，克勤克儉，任勞任怨。

中風後，不但性格變了，胃口也變了。從前是不吃豬肉的，因爲這令他想到早年看過斬首示衆的人頭。現在老吵著她侄兒和侄媳婦給她肥肉吃。不但吃的份量多，而且口味非常挑剔。「她先是說魚裏沒有豆豉，待妻子加上豆豉，她又說少了大蒜；待妻子加上大蒜，她又說少了鹽；待妻子加上鹽，她仍然只是隨意戳上幾筷子，就放下了，照例結起眉頭，悶不吭聲。」

因爲她風癱後不良於行，床上都得給她墊屎布。

難怪敍事者無可奈何的說：「也許，么姑在蒸氣中死去就好了。」

述事者毛它不勝其煩，把么姑送回鄉下，請她的結拜姐妹珍姑照應。回到鄉下後，么姑強人之難的習慣變本加厲。要吃兎子，吃黃鱔。自她到家後，珍姑「幾乎每天都有滿滿一腳盆沾屎帶尿的衣褲需要洗刷，幾乎每天都得幫著么姑翻身，擦身，抹滑石粉以防肉瘡。」么姑在「退化」中。先是像丙崽一樣穿起開襠褲，跟著頭髮全部剃光，以防生虱子。最後爲了「管敎」方便，珍姑索性把她關在籠子。

她越長越小。「手腕老是向下勾縮，皮膚開始變硬、變粗，分裂成一塊塊，帶有細密交織的溝紋。鼻孔向外擴張開來，人中拉得長長的。」

這是猴子模樣。

她體型還繼續退化下來。手足萎縮，似乎要返歸軀幹。眼皮鬆泡，眼白增多，雙目呆滯。

簡直是一條魚。

么姑怎麼死的？敍事者故弄玄虛。她可能被小孩作「活物」玩弄，折磨而死。也可能是因爲珍姑「看見么姑臉上叮著幾隻蟑螂，於是順手一刀結果了她」。

作寓言看，么姑死因不必深究。在我個人看來，〈女女女〉最劇力萬鈞的段落是么姑在浴室中風這一節。韓少功用了千把字描寫毛它衝進浴室救她出來所看到的細節：「乳頭是兩注欲滴的黑暗……」、「稀稀的陰毛，從大腿縫中鑽出來……。」

初看時，這些描繪似無關宏旨，但敍事者隨後卽有交代：「這是我第一次見到么姑的身體，見到完全眞實的她。這條白色的身影，讓我感到陌生、懼怕，簡直不敢上去碰觸。」

中風後的么姑，在生理言之，是個殘廢人。在心理上，她得到了「解放」。她已以赤條條的本來面目與侄兒所代表的世界相見過了，還有什麼值得隱瞞的？前面說過，只要她們所立足的社會凝聚的力量一天不瓦解，舊小說中的烈女節婦的操守，亦會「垂範後世」。〈碾玉觀音〉的秀秀，若是郡王府不鬧火災，不會偷了金銀珠寶逃走，更不會向崔寧「迫婚」。

如果把么姑的意外推演到社會層次，那麼她中風的事件，可作一種制度和教化的崩潰。隨著制度教化的淪亡，先前所有的社會制約與人倫規範也失去了控制力量。

么姑中風。文革時期的中國人也中了風。用韓少功自己的話說：「我寫鄉姑也有原型，我姑媽中了風後，完全變了一個人。但鄉姑的性別不重要，我主要是想表現人的內在深沉的意識結構，是關於個人生存狀態的思考，人性的另一面大暴露使人厭惡透頂，留下不好的記憶，這是個大悲劇。……我常說文革的武鬪，是性壓抑的反應，殺人、打派仗都是一種發洩。」

赫胥黎（Aldous Huxley）對人類歇斯特里行爲的觀察，極有見地。他在一篇一九五二年的文章說過：「所謂文明，最少在一方面可以說是對某些人在某些場合中要幹野蠻行爲時所作的系統性的約束。近年我們發現到，經過約束一段時間後，當這些可施暴行的場合重新出現時，那些比我們也壞不到那裏的男女，就躍躍欲試。」

么姑中風後，再顧不了「面子」，更不理會人家怎麼看她。她吃魚吃肉，無理取鬧，無非是要補償上半輩子爲她人而活得不到的東西。韓少功了不起的地方，是他天衣無縫地把文革的瘋狂面寄喻在這位村姑身上。

與〈女女女〉同年發表的還有〈火宅〉與〈誘惑〉，風格大變，另樹新境界。一九八七至八九年，產量不多，僅知有〈故人〉、〈謀殺〉和〈鼻血〉，俱屬短篇。

韓少功今年還不到四十歲。中國現代文學在三十年代立好的根基，因八年抗戰，未能隨根發展。像茅盾、張天翼、路翎、沈從文等深具潛力的作家，戰後尚在盛年，本可一鼓作氣，再給中國文學留下更多的遺產，奈何「形勢比人強」，再無突出的表現。

就我個人來說，五十年代後在大陸出版的小說，看得下去的，也是近十年的事。誰料文藝的幼苗剛冒出土來，即受摧殘。劉白羽接劉心武出長《人民文學》，新時期文學一下子就復右，回到《艷陽天》下的《金光大道》了。

韓少功的隱憂一點沒有誇張：我們這民族，不但老化，而且日漸退化了。

《肉蒲團》的喜劇世界

《肉蒲團》的英譯，已有全新版本問世，譯者更是以研究中國傳統小說知名的哈佛韓南(Patrick Hanan)教授。譯本叫 *The Carnal Prayer Mat*，由紐約的 Available Press 出版，價格相當「克己」，三一六頁的普及本售價美金八元九角五分。

在韓南譯本面世前，英語世界「好此道者」若想一窺此書堂奧，可看一九六三年出版由德文轉譯過來的 *Jou Pu Tuan* (*The Prayer Mat of Flesh*)。可惜原譯者佛蘭茲·古恩(Franz Kuhn)的錯誤有些不可思議。胡菊人在〈《肉蒲團》在西方〉一文就指出過，古恩把「明情隱先生」這位明朝因情而隱的先生誤解作「將性秘密的黑幕揭露得如月般皎潔如日般明亮的先生」。

把德文英譯的方家，不明就裏，因此將錯就錯。

韓南的全譯本，斷無此弊，余國藩(Anthony C. Yu)在七月十五日(一九九〇年)

《紐約時報》的書評說得好，韓南的耳朵確有聽聲辨色的本領，把李漁嬉笑怒罵、冷嘲熱諷、幽默怪趣、虛者實之等筆調和人物心理掌握得恰到好處。

《肉蒲團》之譯作，想爲韓南研究李漁生平及其作品，寫成 *The Invention of Li Yu*（哈佛大學，一九八八年）後之「餘緒」。此書英文題目語意雙關，既是「李漁的創作」，也可說是從李漁的作品中去「創造」李漁。韓南對這位異於常數、產量豐富、生活多彩多姿的職業文人相當欣賞。他在上面引過那本題目不好中譯的著作裏，開宗明義就肯定李漁是中國文學史中罕見「喜劇勝手」的地位。

我這個快入耳順之年的讀者，在韓南的指引下，重讀此「淫書」，發覺其中微文大義，都是血氣方剛初識此書時所忽略的。

不錯，儘管李漁本旨是「以淫懲淫」（止淫風借淫事說法），但既以曲筆傳淫事，本身總洗脫不了淫書的「罪名」。因此個性與思想均拔乎濁流的李笠翁，對說部人物和橋段的處理，也不得不向傳統投降。也就是說，不得不遵守因果報應、色卽是空等凡寫「淫書」必得從俗的清規。西門慶在官宦商賈的圈子中長袖善舞，不可一世。在女人身上做的功夫，更轟轟烈烈，到頭來還不是脫精而死？未央生償了閱盡天下美女的心願後，「大澈大悟」，皈依佛門，誰料凡心仍熾，只得自宮，一了百了。

通姦這題材，成就了不少西方偉大的小說。Denis de Rougemont 更有駭人聽聞的說法：「沒有婚外情，就沒有西方文學」。那麼西方的「淫書」着意要寫的是什麼境界？依韓南引有關資料說，西方的採花大盜，多向閨女施暴，奪人家貞操。中西「淫書」兩大傳統果然不同，不但浪子的刼數有異，而且對性伴侶的要求也各取所需。就拿未央生來講，他最不感興趣的卻是未解風情的處子。

話得說回來。上面提過李漁這個人，「異於常數」，那麼在人物處理和情節上逃不出傳統框框的《肉蒲團》，還有什麼看頭？看官，此話問得有理。如果你不是修得枯木禪心，跳着專找癢處看的話，眞會失望。譯者韓南看得仔細，他研究出來的結果是，單就技術花巧來講，未央生的「淫招」，並無什麼別出心裁的地方。品簫場面，絕無僅有。換句話說，單以「門面功夫」而論，《肉蒲團》落於《金瓶梅》之後。

那還有什麼看頭？

有的，有的，原來有些文字，眞的要等到聽雨僧廬的年紀才能悟出道理，情隱先生的力作亦如是。

余國藩在他的書評點出，李漁的思想開放，對僞君子、假道學向無好感。最難得的是，他對封建時代中國女子的命運，極表同情。第九回中艷芳嘗對其女伴道：「我們前世不修，做了女子，一世不出閨門，不過靠着行房之事消遣一生。」

區區數語，道盡舊社會中國婦女之凄涼。正因他們缺乏通往功名富貴的正常孔道，天生麗質者不得不靠自己僅有的「本錢」控制男人，最後落得「禍水」之惡名。「君子疾沒世而名不稱焉」。女子亦人也，當有此隱憂。才情高者如李清照，靠詩書足可名垂青史，但古時女子能有像她這種出身的，絕無僅有。一般怕名不稱焉的女子，只好爭相去做烈女，如《列女傳》中所記那位梁寡高行——人長得漂亮，臭男人不讓她守寡，追逐者衆。她不勝其煩，只好自「刑」其鼻，削去鼻子，做醜百怪。後世始知有「梁寡高行」其人。連姓名都不記，你只消知道在梁有個以高行名於世的寡婦就夠了。

看《金瓶梅》這種淫書，應體悟到在宗法社會中有西門慶身份地位卻無他「異禀」的男人實在是可憐蟲。除了月娘，西門慶跟書中的其他女子造的不是愛，而是在沙場上「較量」。又因傳統母憑子貴，妻妾看到男人回家，蜂擁而上，競要爲他傳哲嗣。因爲男人利用女人作洩慾工具，所以女人也可把男人看作生育工具。不同的是，後者是重男輕女社會所迫做成的，是男人自作的孽。

如果我們拿這種「批判」眼光去看《肉蒲團》，當知此書獲韓南教授和其他得道學者青睞，不無道理。韓南稱此書爲 comic erotiker，可見着意的是「喜劇」成份。本說部喜劇文字多不勝舉，單看回目已知一二。第六回：「飾短才漫誇長技，現小物貽笑大方」；第七回：「怨生成撫陽痛哭；思改正屈膝哀求」。

未央生的「小物」給結拜兄弟賽崑崙「貽笑」之後，始下定決心把自己的「陽」裝甲成狗鞭。論者有謂此章想像之奇之險，吾國黃書得未曾有，雖然愛護動物的讀者不會如是想。

此節表過，現在回頭再說艷芳。韓南曾斷此女爲李漁所創造的「血性女子」(strong woman)要角之一。看來其言不謬。原來艷芳自交上未央生後，覺得「我若不遇這個才子，枉做了一世佳人。如今過去的日子，雖不可追。後來的光陰，怎肯虛度？自古道，明人不做陰事，做婦人的，不壞名節則已，既然壞了名節，索性做個決裂之人，省得身子姓張，肚腸姓李……。」

主意既定，乃修書「情郎未央生賜覽」，告訴他要嗎是他差賽崑崙「進來盜我，或是我做紅拂前來奔你。……你若慮禍躊躕，不敢做些險事，就是薄倖負心之人。可寫書來回我，從此絕交，以後不得再見。若還再見我必咬你的肉，當做猪肉狗肉吃也！餘言不盡。……」

類似令人忍俊不禁的片段，俯拾皆是。未央生與婦人交歡時，亦見妙語連珠，只是不好在此引出來，仁人君子，敬祈諒察。

李漁怎會用類似東方朔式出人意表的筆法去寫男女私情？這可能又是《肉蒲團》異於常

品的特色之一。李漁對人之大欲（男的女的）存焉的看法是正面的，也就是英文所謂 sex is good。茲把第一回中後生小子容易忽略過去的部份引子錄下：「……世間眞樂地，算來算去，還數房中。不比榮華境。歡始愁終得趣朝朝燕。酣眠處怕響晨鐘。睜眼看，乾坤覆載。一幅大春宮。」

滿庭芳引過後，還有更多離經叛道的話：「婦人腰下之物，乃生我之門死我戶。據達者看來，人生在世，若沒有這件東西，只怕頭髮還早白幾年。壽元還略少幾歲。不信但看世間的和尚，有幾人四五十歲頭髮不白的。……」

這裏所指的「達者」，自是李笠翁夫子自道無疑。接着他又語不驚人死不休的說：「可見女色二字，原於人無損。只因本草綱目上面不曾載得這一味，所以沒有一定的註解。…」別的「淫書」，不會有這種態度開明的說法吧？是耶非耶，涉獵不廣，不好亂說。

李漁既認爲如果不縱慾，那麼性不但是好事，而且 sex can be fun，也就是說男歡女愛，其樂無窮。第十回未央生中了艷芳所設的圈套，摸黑錯與她替身醜婆子交合，那婦人「又喊起來道，怎麼你們讀書人，倒是這樣粗鹵？不管人死活，一下就弄到底。」

這眞是一幕活劇，喜劇。余國藩稱讚韓南譯筆之餘，替不能看原文的西方讀者說了話：we are indebted to him for great fun，也就是這道理。今後世界「色情文學」中，多了這部別開生面，把性行爲當作喜劇處理的書。

依我看來，李漁寫《肉蒲團》，言志者有之，牟利者有之（別忘了他也是個「寫稿佬」），但更不可忽略的是：這也是他「閒情偶寄」方式之一，娛人之餘也自娛。他把凡夫俗子的心態寫活了。未央生要做世間第一才子，娶天下第一美女，無疑是對才子佳人作者的諷刺。難得的是，他用艷芳的口吻替女子說話：天下第一美女要嫁的，是「三件俱全」的男子，卽才、貌、和「本錢」。

艷芳眞有資格做「痴婆子」，一如未央生乞靈於畜牲以行人道之痴得可怕。

李漁雖化名情隱，但世間通人達士不多見，「誨淫誨盜」的惡名不易洗脫。有鑒於此，他於第八回回末自作解人評道：「小說寓言也。言旣曰寓。則非實事可知。此回割狗腎補人腎，非有是理。蓋言未央生將來所行之事，盡狗彘之事也。……」

有一位不願報上名來的朋友，研究《紅樓夢》有年，現今心境也近僧廬聽雨，再讀《覺後禪》時，忽然想到，未央生最後出家法名頑石，而師父法號孤峰，曹雪芹會不會一度迷過這本「淫書」？是非因由有待他去研究。以常理猜想，博覽羣書的曹雪芹，想沒放過情隱的著作，不然怎會寫出「多渾蟲」這種角色來？

《紅樓夢》第三回有西江月詞「批」寶玉：「……縱然生得好皮囊，腹內原來草莽。……

於國於家無望。天下無能第一，古今不肖無雙。……」

參照前面貶未央生的「評曰」，這可能又是一條蛛絲馬跡。

看來今後的紅學家，上窮碧落下黃泉發微索隱之餘，還得好好的研究《肉蒲團》。韓南說此書人物，有慾無情，所言極是。「怎麼你們讀書人，倒是這樣粗鹵？」這等事，不是多情種子賈寶玉幹得出來的。

先看《肉蒲團》，再看《紅樓夢》，始知情慾之別，雖然兩位公子，經驗不同，卻異途同歸。

從前的中國人，世事看穿了，只好青燈古殿人終老。如果你認爲這是中國文化的局限性，那也沒辦法。

後記

刘绍铭

〈細微的一炷香〉，是我去年在香港中文大學作客時，舒解「六四孤憤」的文字。北京屠城事件發生後的兩個月，我回美復課，心情一直難以平靜。同年秋後，「蘇東波」的震盪，彼起此伏。看到蘇聯和東歐集團國家，紛紛隨着潮流應變，開始以緩慢的、痛苦的、但堅決如壯士斷臂的步伐走上民主的道路，而劉賓雁等人預言的李鵬下臺，卻遲遲不見實現，深覺我們這個曾經一度是上國衣冠的民族，眞是受着歷史的詛咒。

意難平之餘，乃成〈歐洲人也吃狗肉〉這一系列收在第一輯的文字。咄咄書空的書生，明知孤憤之言於事無補，也不能不盡言責。香雖細微，但只要煙火不斷，於願已足。

乙輯、丙輯和丁輯都有通性，大多數是讀書隨筆。我個人比較偏愛的是〈拾糞的孩子〉、〈父母之言・搖滾之音〉這借他人文字以言自己旨趣的兩篇。記得去年溽暑在香港初讀《孫運璿傳》，頓生涼風撲面的爽快。

〈聞其聲，食其肉〉和〈口腔文化的反思〉，是我個人對中國文化的質疑，積聚心中多年的悶氣，藉此機會吐了出來，不亦快哉！

〈鷄頭寨原是丙崽村〉釋韓少功的小說，也是我近年以中文寫成的唯一的論文。韓少功認爲我們這個講究聖賢之道的古老文化，居然在文革時期幹起禽獸不如、傷天害理的事來，是民族退化的徵象。希望韓少功的小說，引起我們對自己的「反思」。

集內所收，曾先後發表於香港的《信報》、臺灣的《聯合報》、《中國時報》、《中華日報》和美洲版的《時報周刊》，特此向提供篇幅的諸君子致謝。

二十年前，三民書局劉振強兄出版了我第一本中文集子《靈臺書簡》。人生沒有多少個二十年。今年春天得振強兄邀稿，覺得機不可失，就呈上這《細微的一炷香》，以紀念自己筆墨生涯二十年，也酬振強兄雅意。

飲水思源，當初介紹我認識振強兄的是在《幼獅文藝》主持編務的瘂弦兄。一幌眼，大家都變「老獅」了。特此遙謝故人穿針引線之情。

一九九〇年七月十九日識於

威斯康辛麥地遜市

三民叢刊1

邁向已開發國家

孫震 著

邁向已開發國家的過程中，先是追求成長與富裕，但富裕之後，仍有很多我們要追求的目標。作者孫震博士，曾參與臺灣發展的規畫，也對臺灣邁向已開發國家的前景充滿信心；但除了經濟上的成就外，作者更關心的是新時代來臨後的羣己問題、教育問題，正如這幾年來他所持續宣揚的——更重要的是邁向一個「富而好禮的社會。」

三民叢刊2

經濟發展啓示錄

于宗先 著

在多年的高度發展以後，臺灣的經濟也併隨產生了許多問題；諸如經濟自由化的落實、勞資雙方的爭議、產業科技的轉型、投機風氣的熾盛等等，都是目前迫切的課題，本書作者于宗先先生，以其經濟學者的關心，對這些問題提出其專業上的看法。而這些討論，將更能爲臺灣進一步的發展提供可貴的啟示。

三民叢刊3

中國文學講話

王更生 著

從「關關雎鳩、在河之洲」開始，中國文學匯流成波瀾萬千，美不勝收的滄海。

坊間介紹中國文學流變的書籍很多，但大多以政治朝代分期，無視於文學本身一貫的生命，而把文學以政治分期的手術刀隨意支解；本書突破以往陳陳相因的格式，採以文學體裁爲基據的敍述方式，將各種文體的流變以一氣呵成的方式介紹給讀者。以使讀者有遊目騁懷之快，也更能掌握中國文學整體的生命。

三民叢刊 4
5

紅樓夢新解
紅樓夢新辨

潘重規 著

自蔡元培、胡適兩先生對紅樓夢熱烈討論之後，紅學已成爲文史學中的一門顯學。在舉世風從胡氏的自傳說之後，潘重規先生獨持異議，發表論文主張紅樓夢是漢族志士反清復明之作，使學界對胡氏再做檢討，而開展紅學的另一新路。潘先生在香港新亞書院創設紅樓夢研究課程，刊行紅樓夢研究專輯，又於一九七三年獨往列寧格勒，披閱該處所藏乾隆舊抄本紅樓夢，發表論文，飲譽國際。歷年來潘先生與胡適、周汝昌、趙岡、余英時諸先生討論的文字及論文，今彙集爲「紅樓夢新解」、「紅樓夢新辨」重加校訂出版，使讀者能一窺紅樓夢作者之眞意所在，暨紅學發展之流變。

三民叢刊 6

自由與權威

周陽山 著

自由與權威並不是對立的觀念。一個眞正的權威，是使人自願接受的力量，服從一個眞權威並不會使人感覺不自由，相反的，他是指引人們進一步思考、發展的助力。而一羣人獨立的自由，也只有在權威設定了自由的範圍後才得以維續。作者周陽山先生，探索有關自由主義、權威主義、保守主義及各種激進思潮在中國的歷程多年。在本書中，作者進一步透過相關的國際知識發展經驗，檢討自由與權威，自由化與民主轉型，以及國家社會與民間社會等層面的理念，期爲民主化的歷程建構一條坦途。

三民叢刊7

勇往直前

石永貴　著

石永貴先生，絕對是大眾傳播界一個響亮的名字，在他任內，使新生報轉虧為盈，發行量增加了一倍，也是在他任內，使臺視業績成長了四十四倍，並使臺視新聞確立了不移的口碑。他的成功經驗、勇氣和堅持，當可予人不同的啟示。本書卽收集了石永貴先生自述其心路歷程的文字，從書中，我們可以看到他怎樣期待部屬，也看到要求自己，這些經驗和理念，不僅可讓傳播人獲益非淺，一般人讀了，也可獲知成功的理念何在。

三民叢刊8

細微的一炷香

劉紹銘　著

劉紹銘先生為海外知名學者，研究現代文學聲譽卓著。他以本名撰寫文學評論，以二殘筆名撰寫諷諭文章，文思流暢，刻畫生動，本書為作者最新之文集，蒐集大陸民運前後發表的文評及雜文，除了析述海內外有關中國的文壇發展外，字裏行間所流露的對中國現勢及未來的痛心及關心，更是使人心動。

三民叢刊9

文與情

琦　君　著

琦君的散文，溫柔敦厚，於自然中散發出細膩的情思，久已為人稱譽。本書卽收錄了她最近的作品，從日常生活中隨手拈來，自也透露出作者駕馭文字的純熟工夫。另外並有琦君向少執筆的小說及她第一次執筆的劇本，可看出作者對文字掌握的多面能力。不可不讀。

三民叢刊10

在我們的時代

周志文　著

「在我們的時代，希望很容易幻滅，但在一段沮喪過後，逃逸了的希望又常常不期然地像雨後的彩虹一般的在遠方出現。」

本書收集作者兩年來在中時晚報所發表的時事短評，針對的人、事雖各有不同，但所抱持的理念是一致的，那就是一個人文學者對現世的關懷，與對未來猶不死滅的希望。

作者以洗鍊的文筆，犀利的剖開事件上層層的迷障，讓我們得以見到更深刻的事實和理念。

國立中央圖書館出版品預行編目資料

細微的一炷香／劉紹銘著。--初版。--
臺北市：三民，民79
面；　公分。--(三民叢刊;8)
ISBN 957-14-0086-6(平裝)

855

著　者　劉紹銘
發行人　劉振强
出版者　三民書局股份有限公司
印刷所　三民書局股份有限公司
地址／臺北市重慶南路一段六十一號
郵撥／〇〇〇九九九八——五號
初　版　中華民國七十九年八月
編　號　S 85199
基本定價　叁元叁角叁分
行政院新聞局登記證局版臺業字第〇二〇〇號

ISBN 957-14-0086-6 (平裝)